杨洁 著

万户机杼

一个江南市镇的时代交响

浙江工商大学 出版社｜杭州
ZHEJIANG GONGSHANG UNIVERSITY PRESS

图书在版编目(CIP)数据

万户机杼：一个江南市镇的时代交响 / 杨洁著. —
杭州：浙江工商大学出版社，2023.12
ISBN 978-7-5178-5168-4

Ⅰ. ①万… Ⅱ. ①杨… Ⅲ. ①报告文学－作品集－中
国－当代 Ⅳ. ①I25

中国版本图书馆 CIP 数据核字(2022)第 202710 号

万户机杼：一个江南市镇的时代交响
WAN HU JIZHU：YI GE JIANGNAN SHIZHEN DE SHIDAI JIAOXIANG
杨　洁 著

出 品 人	郑英龙
策划编辑	沈　娴
责任编辑	沈　娴
封面设计	蔡海东
责任校对	夏湘娣
责任印制	包建辉
出版发行	浙江工商大学出版社
	(杭州市教工路 198 号　邮政编码 310012)
	(E-mail:zjgsupress@163.com)
	(网址:http://www.zjgsupress.com)
	电话:0571－88904980,88831806(传真)
排　　版	杭州朝曦图文设计有限公司
印　　刷	浙江海虹彩色印务有限公司
开　　本	880mm×1230mm　1/32
印　　张	10
字　　数	174 千
版 印 次	2023 年 12 月第 1 版　2023 年 12 月第 1 次印刷
书　　号	ISBN 978-7-5178-5168-4
定　　价	78.00 元

序

都知道弃医从文的著名作家有不少,国内有鲁迅、郭沫若、余华、冯唐,国外有契诃夫、柯南道尔。其实,由记者而成为著名作家的更多,可以列出长长的一串,国内有孙犁、萧乾、郭小川、刘白羽、张恨水、金庸、莫言,国外有加西亚·马尔克斯、斯坦贝克、米哈依尔·肖洛霍夫、索尔·贝娄、艾萨克·巴什维斯·辛格、乔治·奥威尔、凯尔泰斯·伊姆雷、玛格丽特·杜拉斯、S.A.阿列克谢耶维奇等,都是可以在文学史上写上一笔的。还有以英国首相的身份为世人所知的温斯顿·丘吉尔,他是1953年诺贝尔文学奖的获得者,而他在20多岁时,就以战地记者的身份名噪一时。以一部《飘》打天下的玛格丽特·米切尔,曾是《亚特兰大新闻报》的名记者。当然,最牛的当数海明威,他的名作《老人与海》,不但获得了诺贝尔文学奖,还获得了普利策小说奖。

有意思的是,弃医从文者,大多"过河拆桥",做了作家便不再拾起医生的行当,而记者做作家,有不少一辈子都"脚踏两只船"，一手写新闻，一手搞文学创作，左右逢源，风生水起，用现在的话说，算是一个"斜杠"文人了吧。

这应该不是偶然的。作家与记者可谓只有"一墙之隔"，两者都是煮字为业，靠的是把玩文字的功夫。新闻写作所必需的准确、简洁、通俗等要素及对读者心理的把握，对一个作家来说同样重要，或者说，也正是一些名作家的"招牌"。想当年海明威在有名的《堪城星报》当记者，不断地被编辑"老爷"们要求要用短句，要有明快的风格，要用动作词汇写，删去不必要的形容词，删去尚存疑点的段落，最终成就了他小说创作的"冰山理论"。获得 2015 年诺贝尔文学奖的白俄罗斯作家 S. A. 阿列克谢耶维奇，其作品多为口述实录，用对话、访谈形式呈现文本，语言也有着明显的口语化特征，这显然跟她毕业于白俄罗斯国立大学新闻系，后又在《普里皮亚季真理报》《共产主义灯塔报》等报刊做记者的经历有关。

记者在长年采访中所积累的现实素材，对某一地区某一行业浸淫十几年乃至几十年的经历，是一个作家最为重要的"家底"。都说作家要深入生活，而月出数十篇稿件的记者，哪天不是浸泡在"生活"中？所谓"文学即人学"，于记者而言，每天都在与各色人等打交道，只要有心琢磨，自然会有所感有所思有所悟，哪天心血来潮、灵感涌动，当年采访的那些人那些事纷至沓来，再用文学的形式表现出来，不就是小说、散文了？别说新闻是写实的、文学是虚构的，也别说新闻讲事实、文学靠想象，要知道，大千世界中发生的故事，远远比想象更精彩，而所有光怪陆离的想象，都不外乎现实的翻版。文学天才马尔克斯，据说在16岁时已构思好《百年孤独》，但苦于文力不逮只好搁置，灵机一动去做记者，以此来充实素材、锤炼笔力。"多亏了新闻工作，我才学会脚踏实地！"马尔克斯这一感慨，应该不是信口开河。

说了那么多记者与作家的因缘，其实这些话也是我读了杨洁《万户机杼：一个江南市镇的时代交响》一书的感想。我也算是记者出身的作家，与杨洁更是10多年的报社同事，于书中所写故事亦颇有所知。这部报告文学作品，可谓是记者作家的特色之作，或者说，在文学创作中把记者的优势发挥得淋漓尽致。杨洁是一名出色的记者，曾获"中宣部宣传思想文化青年英才"称号，又是浙江省宣传文化系统"五个一批"人才，扎实的采访是她的看家本领。十几万字的《万户机杼：一个江南市镇的时代交响》，背后是长达1年多的田野调查和对近百人的采访，是几万字的采访笔记和大量参考资料。书中的人物，如罗春荣、陈宏伟、卜金良等都确有其人；书中的故事，如东方市场的兴衰，民间"零点行动"的始末，都确有所本。正是这些原汁原味的人和事，奏响了一支江南小镇的改革发展变奏曲。书中的一些故事读来令人印象深刻，如卜洪观身穿有好几排口袋的贴身马甲，把 43000 块钱分成 43 沓装进口袋，钻到火车座椅底下躺着，一天一夜不敢合眼。这样精彩的细节，绝不是向壁可以虚构的。

当然，本书的吸引人之处，不仅仅是纪实的魅力，它作为一部以改革开放史为背景的报告文学作品，体现了一种强烈的现实使命感，在人物命运沉浮中展现了历史沧桑与时代变迁。民间"零点行动"是书中的"重头戏"，杨洁花了一章来写这一事件，又写了"发展与环境的辩证法""'绿水青山保卫战'"两章，看似虚处着笔，却凸显了这个震动一时的民间行动的正义性，体现了民心所向，更显示出历史潮流的奔涌向前、不可阻挡。这应该得益于她作为党报记者深厚的理论功底和对现实的深入思考。正是这样的大处着眼、小处着手，让王江泾这个小镇，让镇上的一个个小人物，在 40 多年的浪奔浪流中，奏出了一曲激昂向上的命运交响曲，成为当代中国命运改变的典型样本。

嘉兴市作家协会主席　杨自强

2023 年 3 月 12 日

目　录

序篇

那是 1983 年嘉兴北部郊区深秋的一天，天朗气清，阳光普照，四野明净，水声哗哗。那一刻，谁也不会想到，两个农民大胆的举动，竟就此开启了"中国织造名镇"王江泾一段波澜壮阔的传奇历史。

很多年后,每当人们一再好奇地问起那个惊心动魄的夜晚,汝金生脑海中总会响起一片"哗哗"的水声。

那是同伴汝掌生站在船尾摇橹的声音。他就像这江南水乡里任何一位从小就会摇船的老把式那样,有节奏地一次次推拉,小船就在这不紧不慢的节奏中晃晃悠悠地破开水面,向前滑出去,一圈一圈清亮的水波在船尾荡漾开来。

这天傍晚时分,他们从生产队收工后,回家草草扒拉了几口饭,就从嘉兴郊区的田乐乡新农村八队悄悄出发了。此行的目的地跟谁都没敢说起,这会儿他们正摇船走水路,直奔苏州吴江的黎里。正值深秋,傍晚出门时还有漫天火烧云,把村里的树木、房屋、河道、小路都映得红彤彤金灿灿的。而此刻,夕阳变得血红,正快速坠向地平线。

深秋的傍晚黑起来总是特别快。船只摇出一小会儿,最后一丝血红就一下子消失在天边。天色一下子暗下来,只透出一点余光,勾勒出两岸慢慢后移的村庄、小桥、荒草、树影,还有浙北水乡连绵无际的田野。地里的庄稼都已经收割了,只剩下一行行短短的稻茬,看上去很荒芜的样子。

田野之间水网密布，在黑黢黢的大地上闪着亮光。到处都是大大小小的河道岔口，仿佛也看不出周边景物有什么变化，但汝掌生却熟门熟路，精确地辨认岔口，及时拐弯。汝金生满腹心事地坐在船头，盘算着要去做的事，听着这"哗哗"水声，心也跟着七上八下，但他又不由自主地热血上涌。

他们此行准备去干一件大事——悄悄去黎里买回一台织机。这是一次秘密的冒险！要知道，按照眼下这紧张的情形，私人偷偷去买织机，一旦被发现，很可能会被扣上"投机倒把"的罪名，不光织机会被当作"资本主义尾巴"割掉，搞不好人都可能被抓去坐牢！

为了这次行动，他俩已经暗地里筹划了很久。每天辛辛苦苦在地里刨食，累得腰都直不起来，可还是填不饱一家老小的肚子。多少年了，实在是穷怕了，两人心一横，决定豁出去了！他们搜出家中所有积蓄，还找亲友东挪西借，凑了500多块钱。此刻，这些钱被层层包裹，就装在汝金生手边这个洗得发白的布包里。

汝金生正想着心事，船从一片芦苇丛边擦过，倏地惊起一群水鸟，扑棱棱四散飞起，把他吓一大跳。他下意识地摸了摸布包，心神又慌了起来。

"那边厢都讲了伐？"他拧着眉头再次问汝掌生。

汝掌生继续摇船："讲好了呀，你就放心吧！"

汝金生一时无话,弯腰趴到船舷上,用手从河道掬起一捧水喝下,冰凉的河水直灌下肚,他才逐渐定下神来。

田乐、黎里两地,虽分属浙江、江苏两省,但都地处省界上,离得倒也不远,行船只要约莫两个小时,一切顺利的话,当晚就能打个来回。

第二天天刚蒙蒙亮,他们就摇着橹,迎着朝霞往回赶了。那天太阳格外明亮,金光灿灿的,把田野、草木、河道都照得鲜活分明,水面上也跳跃着粼粼的金光。小船吃水明显深多了,因为船上多了个沉重的大家伙——一台铁木织机。

那台织机其实已经半旧了,有些地方锈迹斑斑,还沾着一些油污,有些部件被拆下来,另装进一只破旧的大木箱子里。虽然通宵赶路,汝金生、汝掌生却丝毫没感到疲倦,他俩不时对着织机左看右看,兴奋异常。他们希冀着,这台织机能给他们贫穷的日子带来彻底改变!

两个人满脑子盘算着要把织机运回去,用它多赚点钱,让全家日子能过得好点儿。

那是 1983 年嘉兴北部郊区深秋的一天,天朗气清,阳光普照,四野明净,水声哗哗。那一刻,谁也不会想到,两个农民大胆的举动,竟就此开启了"中国织造名镇"王江泾一段波澜壮阔的传奇历史。很快即将响起的万户机杼声,一下子唤醒了这片古老土地久远的记忆,大力撞开了一个激情时代的大门。而多年之后，万户机杼声又将化作对绿水青山新生活的崭新期待，指引着王江泾再次走进一个新时代……

　　一个江南市镇几十年激荡人心的巨变故事，都从那天夜晚的哗哗水声中延展开来。汝金生、汝掌生——这两个名字，也将被冠以"万户织机带头人"的名号载入文献史籍，成为那段传奇历史的最好见证。

大地的记忆

响彻千年、不绝于耳的万户机杼声,在这片大地上骤然静默了,仿佛,大地的一部分记忆沉睡了。有谁,能将它再次唤醒?

春天里,原野上的小草争先恐后地钻出泥土,仿佛一切都才刚刚开始。其实在此之前,它已经在地底下酝酿了整整一个冬天。

万户机杼声在王江泾响起之前,也已经在岁月的长河中走过了太久远的历程,远到甚至一时难以回望。

现在王江泾所处的地方,在远古时曾是一片滨海的沼泽平原,湖、荡、河、塘交织成网,古称"水乡泽国"。这里阳光充足、土壤膏沃,郁郁葱葱的灌木丛林里,经常有大象、水牛等各种动物出没。石器时代的先祖们选中了这片水草丰美、气候温润的地方作为理想栖居地。早在 7000 多年前,就有古人类在这一带生产生活、繁衍生息,创造了闻名世界的马家浜文化。马家浜先民筚路蓝缕,以启山林。他们手握粗陋的石锛石斧在丛林中开辟出文明之光,在刀耕火种中把这里开垦为最初的家园。

这里究竟是怎样的一片丰饶之地呢? 王江泾附近的上百平方千米内,分布着许多马家浜文化遗址,考古学家在这些遗址中有了惊人的发现:他们发掘出 7000 多年前的水稻田、炭化谷粒，还有以水井、水塘为水源的灌溉系统。这些说明马家浜文化已发展出稻作农业——江南这一带是稻作文明的发源地之一，也是数千年来稻文化传承、积淀最丰厚的地方。王江泾所处的嘉兴，有个美称"禾城"，顾名思义，与稻作文明密切相关。三国时期，这里"野稻自生"，长出"嘉禾"，在古代这被认为是政治清明、天下太平的祥瑞之兆，吴王孙权听说后大喜过望，于是在黄龙三年（231）将县名从由拳改为禾兴。水稻栽培技术的发扬光大，解决了当地人类生存的首要难题，使当地的文明连续不断、长盛不衰，始终保持稳定、强盛、繁荣的势头。嘉兴一地因此世代受惠，历来是鱼米之乡、天下粮仓。"一岁或稔，则数郡忘饥。"（《宋书》卷五十四）"禾兴"之名，实为农业社会时对一地的至高赞誉。

但王江泾真正崛起为江南一个繁荣的市镇，则有赖于流经此地的大运河。正因江南是重要的稻米产地，为了将江南稻米源源不断地运往北方，隋炀帝先后动员征调了无数民工，耗时数年进行一项旷古烁今的超级工程——开凿了一条连接黄河与长江两大流域经济圈的运河。这条后来成了世界上里程最长、开凿最早、工程量最大的运河，北起北京，南到杭州，是条纵贯中华版图的大动脉，是中国南北经济、文化、政治联系的重要纽带，也是沟通亚洲"一带一路"的枢纽。

大运河是地球上对自然地理面貌改变最大的人类工程

之一。中国东部的天然大河,都被它联络贯穿,支流无数,它是中国人用了约 2500 年的时间,与自然共同完成的壮丽奇观。在漫长的时光里,任中华大地上朝代更迭、历史变迁,这条大河始终浩瀚奔流,滋养着两岸的广袤土地。对于古代历朝统治者而言,一个国家有没有足够的粮食储备,将直接决定这个国家的生死存亡,因此纵贯南北的大运河关乎国家经略,可以说是"国之命脉"。而对于生活于大河两岸的人们来说,它支撑生活,激发灵感,启迪心智并指引未来。大运河起于中原,转折在燕赵,终点在江南,其流经之处,聚散流通加快,财富积累加速,孕育滋养出一座座繁华的城市、繁荣的市镇。王江泾,就是大运河从江苏流入浙江的第一镇,北与江苏苏州吴江的盛泽镇相接。

大运河的南来北往,滋养着这片江南的沃土;从这流动的运河上,王江泾人也将富足美好生活的梦想照进现实。王江泾处于杭嘉湖平原的中心地带,宜居宜业,宜稻宜桑,除了有最早的稻作农业,还有源远流长的纺织传统。马家浜文化遗址中就曾发现陶纺轮和以野生葛为原料的纺织品残片。而在良渚文化时期,先民们已经将野蚕驯化为家蚕,养蚕,取丝,制成丝织品。从马家浜先民的纺织品,一直到后来闻名遐迩的"丝绸之府",几千年来,这里的纺织传统从未断绝,柔韧的蚕丝和勤劳的智性"流传"数千年,发展出悠久深厚的蚕桑文化。

关于王江泾建镇的确切时间有不同说法，但一般都认为成市早于建镇。汉武帝时，沿吴江开河百里后，河边就开始形成草市。宋代，因有一闻人姓尚书及其族人选择在这片丰饶之地安居，设行招商而成市，附近莲泗荡名闻湖，因此开始称作"闻川"。凭着紧靠大运河的便利，大量"机户"聚集，规模不断扩展，非农业人口日益增多，王江泾一带渐成江南一大市镇。附近的居民常常把自织的绸布运到市集上去销售，这样就形成了江南最早的绸市，商贸十分繁荣。王江泾镇上至今仍有闻川路，路两旁店铺林立，每日里车水马龙，好不热闹。

宋室南迁至杭州后，紧邻杭州的嘉兴成为畿辅之地，其又地处要冲，显得尤为重要。因此，南宋朝廷对嘉兴十分重视，嘉兴城迅猛发展，几十年便登上繁荣的高峰。此时，大量南渡人口定居嘉兴，其中不乏官宦之家和世家大族（包括宋宗室赵氏，南宋第二个皇帝宋孝宗就出生在嘉兴），故嘉兴居民聚集，成为全国人口稠密之地。

也因为地处要冲，交通方便，大运河里南来北往的船只络绎不绝，嘉兴城成为区域间商品流通中心和市场纽带，经济获得空前发展。尤其是宋室在江南的偏安局面获得稳定后，嘉兴商业十分繁荣，"舟车财货丰阜"。史称秀州"介二大府(临安府和平江府),旁接三江,擅河海鱼盐之利,号泽国粳稻之乡。土膏沃饶,风俗淳秀。文贤人物之盛,前后相望。百工众技,与苏杭等"。(元代《至元嘉禾志》卷一《风俗》)

王江泾丝织业也空前繁荣。南宋朝廷每年要向金国进贡大量丝织品(1141 年,宋与金书面达成《绍兴和议》,宋除割让土地外,每年还要向金进贡银 25 万两、绢 25 万匹)。偏安江南的宋室还大力发展海外贸易,海上丝绸之路由此空前繁荣,江南的丝绸被源源不断运往世界各地,进一步促进丝绸产业的迅猛发展。与此同时,南宋王朝的达官贵人本身对丝织品的需求也极大,江浙地区由此逐渐发展成为全国丝绸生产的中心。而闻川则迅速发展为一个丝绸重镇,镇上商贾云集,店坊林立,街市繁华,被誉为"衣被天下"的丝绸之府。

宋、元之际,松江人黄道婆改进并推广了纺织工具,又向人们传授先进的织造技术,使周边地区的纺织业发展更快,呈现出空前的盛况,纺织品种类繁多、色泽丰富。进入元代后,又有巨姓大族王氏、江氏建房贸易于此,遂改名为王江泾。元政府在王江泾镇上设立巡检司,这里逐渐成为江南著名的丝绸工业集镇。

入明以后,王江泾一带更是"……饶水稻禾蚕桑。组绣工作之技,衣食海内""江南粮仓,衣被天下""机轴之声不绝,为江南丝绸名产地"(明代王世贞《檇李往哲列传序》、南宋祝穆《方舆胜览》）。又据严振乾《新溪诗汇》描述：附近新溪的伴娘坟，"其地民多纺织"；南北亭子桥，"两岸多桑树"；缫丝泉，"每到蚕月，乡村远近，咸来汲泉缫丝"；大张圩，"民皆纺织（绢）为业，向有夜航赴盛泽市"。

江南市镇众多，为何王江泾能在明、清崛起为江南巨镇呢？这自然还是与它得天独厚的地理条件密切相关。王江泾地处如今苏、浙两省交界处，大运河穿镇而过，水陆交通十分便捷。隋、唐以后，大运河成为南北交通枢纽，王江泾作为大运河的要津，官民客商南来北往，无不必经于此。由此，王江泾历来是世族富商择居的佳选之地，各地商贾因地制宜、就地经商，遂成就了一个繁荣富庶的工商业市镇。

嘉兴自古就是全国产粮重地，"嘉禾一穰，江淮为之康；嘉禾一歉，江淮为之俭"（唐代李翰《嘉兴屯田纪绩颂并序》）。王江泾地处此间，虽也盛产鱼米，历来倒是更重蚕桑丝织。因着交通枢纽之便，蚕桑丝织之盛，这里的老百姓代代相继，悠悠岁月里机杼之声不绝，终于在明、清时成就了一个江南丝织巨镇。

明代中叶，湖州、嘉兴蚕桑丝织业规模已居全国之首。太湖地区的桑树，叶片大，叶肉厚，叶面光泽，养分丰富，所产蚕茧丝量多。湖州、嘉兴一带水网密布，河水清澈，用以煮茧缫丝，丝色洁白，所织之绸，光润明亮。湖州、嘉兴所产的生丝,统称"湖丝",在丝绸市场上很受欢迎,近代以来一直是出口大宗之一。

那时的丝织巨镇王江泾,又是怎样一幅繁荣盛景呢?

在明代文学作品《石点头》中,作者天然痴叟描述了这样一幅生动画卷:"话说嘉兴府,去城三十里外,有个村镇,唤作王江泾。这地方北通苏、松、常、镇,南连杭、绍、金、衢、宁、台、温、处,西南即福建、两广。南北往来,无有不从此经过。近镇村坊,都种桑养蚕、织绸为业。四方商贾,俱至此收货。所以镇上做买做卖的挨挤不开,十分热闹。"

明代著名作家冯梦龙在《醒世恒言》中,对同为丝绸重镇的邻镇盛泽曾有记述,也可作为王江泾的参照:"镇上居民稠广,土俗淳朴,俱以蚕桑为业。男女勤谨,络纬机杼之声,通宵彻夜。那市上两岸绸丝牙行,约有千百余家。远近村坊织成绸匹,俱到此上市。四方商贾来收买的,蜂攒蚁集,挨挤不开,路途无伫足之隙,乃出产锦绣之乡,积聚绫罗之地,江南养蚕所在甚多,惟此镇处最盛。"(卷十八《施润泽滩阙遇友》)

为什么王江泾地处江南鱼米之乡,其居民却"大半织纴为业"?这也是由王江泾的特殊条件决定的。明、清之际,江浙地区人口稠密,人均耕地不足。而地处嘉兴北部的王江泾,由于湖荡众多,河网密集,人均耕地更少。农民如果单靠农田收入，一般会入不敷出。种地仅能勉强糊口，因此王江泾人依托十分优越的大运河交通条件，因地制宜，反把重心放在蚕桑纺织上。明中叶，百姓"多织绸收丝缟之利，居者可七千余家"（明代《万历秀水县志》）。"当走集，其人十农三贾。"（民国《濮院志》卷九《任邱》）

对于杭嘉湖平原的农民而言，蚕桑丝织的收入比种田丰厚得多了，尽管发展丝织产业也十分辛劳，但让他们比中国多数地方的农民生活得相对富足。明朝时，桐乡已是"地收桑豆，每四倍于田"（清代《光绪桐庐县志》）。明代举人董谷看到蚕业生产优于其他产业，认为蚕功之大不在马之下，曾写诗赞扬蚕织："桑叶小如钱，春容淡似烟。吴姬能致富，不羡挂荆鞭。"（《蚕诗六首·其一》）这位举人认为，女子通过养蚕、缫织能够变得富裕，何必去羡慕那些坐在公堂之上，旁边放着刑具的官员呢！

这一带的居民究竟过着怎样富足的生活呢？明代《醒世恒言》（卷十八《施润泽滩阙遇友》）中曾记录盛泽一个颇有名望的织户："姓施名复，浑家喻氏，夫妻两口，别无男女。家中开张绸机，每年养几筐蚕儿，妻络夫织，甚好过活。这镇上都是温饱之家，织下绸匹，必积至十来匹，最少也有五六匹，方才上市。"不久，施复生了个儿子，因量力而做了一些好事，在里中颇受称颂。"夫妻依旧省吃俭用，昼夜营运，不上十年，就长有数千金家事。又买了左近一所大房居住,开起三四十张绸机,又讨儿房家人小厮,把个家业收拾得十分完美。儿子观保,请个先生在家教他读书……"虽然这描写的是一河之隔的盛泽情景,但可想而知,当时王江泾人也大抵如此。

明万历时(1573—1620),杭州人张瀚也曾这样记述其先祖靠丝织发家的过程:"购机一张,织诸色纻币,备极精工,每一下机,人争鬻之,计获利当五之一。积两旬,复增一机,后增至二十余。商贾所货者,常满户外,尚不能应。自是家业大饶。后四祖继业,各富至数万金。"而这种情况非常普遍,"大都东南之利,莫大于罗、绮、绢、纻,而三吴为最。即余先世亦以机杼起,而今三吴之以机杼致富者尤众"。(《松窗梦语》卷六)

以机杼致富,靠勤劳发家——丝织小生产者生活富足,经过日积月累,甚至世代相继的努力,其中很多发家为大业主,甚至大富豪。明末,江苏吴江人周灿游历至王江泾、盛泽时,作诗《盛泽》:"吴越分歧处,青林接远村。水乡成一市,罗绮走中原。尚利民风薄,多金商贾尊。人家勤织作,机杼轧晨昏。"

王江泾"自宋、元、明以来,望族聚处,蒸蒸富庶";"乾、嘉之际,烟火万家,其民多织缯为业,日出千匹,衣被数州郡"(清代唐佩金《闻川缀旧诗》)。到嘉庆、道光年间(1796—

1850)，王江泾由"日出千匹"一跃而成"日出万绸"。据《闻川志稿》记载，镇上还形成"三街十坊五堰二十六弄二里二廊三汇一湾"，店坊林立，街市繁荣，达到鼎盛。镇上有一条非常繁华热闹的沿河商业街，叫一里街。一里街上商贩云集，游人摩肩接踵，街道两侧丝绸庄、针线铺、干货店、茶馆等鳞次栉比。其中，最为热闹的去处自然还是丝绸庄，毕竟，王江泾早已成为江南丝绸名产地。二十六弄中有鱼行弄、仓场弄、面店弄、混堂弄、桐油弄、箔店弄等，从名称就可见商业十分发达。

清康熙皇帝、乾隆皇帝都曾六下江南，沿大运河乘船南巡，每次必然经过王江泾进入嘉兴。两位皇帝都曾亲眼见到两岸桑林如画的江南景致，并赋诗抒怀。康熙二十八年(1689)农历二月，康熙南巡至王江泾时正逢大雨，他看到这里安居乐业的景象，心情大好，作诗《禾中道上》："两岸人家半种桑，雨中入望尽苍茫。民间本业惟农织，爱看山村共水乡。"

乾隆三十年(1765)农历闰二月，乾隆皇帝第四次南巡，途经王江泾时，也欣然作诗："一川不异舟，两省顿分邮。风俗渐因别，桑麻较更稠。春晴真是畅，三载匆如流。只觉民情切，惠鲜可忘谋。"(《入浙江境》)乾隆四十九年(1784)，乾隆皇帝第六次南巡，相传曾在王江泾的长虹桥西侧庵内住过一宿,由此庵名改为一宿庵,名声远扬,盛极一时。至今镇上仍有一宿庵,香火鼎盛,大运河上行船时远远便能望到。

清代咸丰年间(1851—1861),嘉兴人顾梁画过一幅《虹桥画舫图》,画的就是乾隆下江南时,龙舟从王江泾长虹桥下穿行的场景。167.5厘米长的画卷上,最引人瞩目的龙舟在桥下穿行,船上罗伞高悬,龙幡飘扬,威严华丽;河面上除了龙舟、官船外,还有大大小小的丝网船、画舫船、货船、渔船、渡船等共30余艘,挤挤挨挨,热闹非凡。桥上岸边,市肆繁华,人流如潮,百姓摩肩接踵,争相观看龙船。远处寺庙前,小摊小贩三三两两地做着生意,卖着小玩意儿。树荫下,茶馆里,各式人等围桌喝茶,玩骰子,还有戏班演出、戏耍斗闹、

▲ 虹桥画舫图

看相算卦……这幅王江泾的《清明上河图》,栩栩如生,淋漓尽致地描绘了当时这个江南巨镇的繁华热闹、百姓生活的安乐富足。

《虹桥画舫图》上最显眼的核心位置,自然就是著名的长虹桥了。京杭大运河从北京到杭州浩浩荡荡1797千米,跨越4省2市,历来是我国最重要的南北黄金水道。这是一条历史长河、经济长河、文化长河,流淌千年,奔腾不息。历朝历代,无数人在大运河上南来北往,无论是漕运船只还是官船、渔船,无论是官兵商贾抑或是渔民百姓,进入大运河浙江段时到达的第一站就是王江泾,第一眼望见的就是横跨大运河之上的长虹桥。这桥因"气势宏伟,遥遥相望,犹如长虹卧波"而得名。

长虹桥始建于明万历至天启年间(1573—1627),后历经风雨沧桑和多次修复,在历史长河的无尽冲刷下屹然挺立,至今仍是大运河进入浙江的重要标志。长虹桥用长条石砌成,全长72.8米,桥面宽4.9米,是大运河上罕见的巨型三孔实腹石拱大桥。长虹桥凌空飞架在大运河上,造型优美壮观,如长虹卧波,南来北往的人们至此无不注目凝望、赞叹向往。往昔天气晴朗时,登桥远眺,隐隐可见北之吴江盛泽,南之嘉兴北门。古人有诗赞云:"虹影卧澄波,登高供远瞻。南浮越水白,北接吴山绿。"

这座历史悠久、充满传奇色彩的古桥,默默见证了多少历史沧桑、岁月更迭?

到清末民初,王江泾中心市镇繁荣的丝织商贸,带动市郊 40 多个村市的乡民都投身丝织业,从而形成一个繁密的市场网络。"左右二三十里内,各乡悉统于泾镇。"(清代唐佩金《闻川志稿》)乡民们日夜奔忙于机杼,昼夜不息,寒暑不辍,花样翻新,所产的蚕丝、丝绸都拿到镇上交易。自镇上闻店桥至太平桥一带都是丝织生产和销售的场所,市河上停满了各地来的贩丝船,它们将丝织品贩往全国各地。王江泾与盛泽同为丝织重镇,互通有无,联系紧密,当时王江泾就有夜航船前往盛泽。

一般来说,总是繁华的城市吸引小镇的人们流入,而王江泾作为一个商贸重镇,却吸引了宁波、绍兴、温州、台州甚至安徽等地的移民前来,进一步促成了当地的商贸繁盛。每年农历二、三月之交,正是江南好风景,莲泗荡都会举行一年一度、热闹无比的江南网船会。

到了迎神赛会的那一天,天朗气清,春光正好。莲泗荡百舸争流,游人如潮,周边数以万计的网船都会集中于此。站在山门右侧的桥顶上,四周的景象尽入眼帘:大大小小的船只于烟波之中穿梭不绝。鳞次栉比的桅杆、旗杆挺拔而又威武,醒目的彩旗在风中猎猎作响,金碧辉煌的琉璃瓦熠熠闪烁。盛装的香客、船民们箫鼓迎神，演剧飨神，赛舟杂耍，焚香祝祷，热闹非凡。氤氲的烟火、香火中，树色波光相互辉映，交织如锦。江南繁华，于斯为盛！

然而，漫漫历史长河，不会带给一个地方永远的安宁与富足，王江泾也不例外。地处交通枢纽，也是军事要塞，王江泾祸福相依，历来为兵家必争之地，曾屡遭战火。此地相传为春秋时吴越争霸古战场。明朝时，王江泾屡屡遭受倭寇袭扰，虽然明军在此曾取得抗倭的"王江泾大捷"，剿杀倭寇1900余人，但战争却让这里受到严重损耗，百姓的生命财产和农桑业横遭摧残。

清咸丰十年(1860)，清军与太平军在此多次激战，王江泾又在战火中遭受重创。大火连烧七天七夜，集镇尽付一炬，王江泾元气大伤，几乎沦为一片废墟，人口流失严重，不及盛时的1/20。民国时，境内仍然战事不断，苏、浙军阀接连不断在这里开战，土匪、湖匪也经常来此骚扰，使得境内民不聊生，王江泾在很长时间内一蹶不振。

历经艰难恢复，到20世纪30年代，王江泾工商业又有所发展，一里街上，有丝绸坊、米行、车行、商店等200多家。农民仍多以织绸为业。据1936年国立浙江大学和嘉兴县政府印行的《嘉兴县农村调查》，当时王江泾地区的梅湖乡，全乡2041户人家，以织绸为副业的约计1700户，占总户数的八成以上。每户每年平均以出绸 90 匹计算,全年超过 15 万匹。每户种田仅五六亩,以充饭本。当时种田收入非常有限,因此农户都极为重视蚕织这门副业。织工们吃苦耐劳,夜以继日劳作,其操作之细,远甚农耕。

人民生计终于得以恢复,可好景不长,抗战时期日军入侵,放火焚烧三天两夜,王江泾又成废墟。织工和商户们纷纷逃离王江泾,丝织生产一落千丈。此后 10 年间,一里街再也没有大店铺和完好的住房,居民仅剩 123 户,只有 30 多家小店和 3 家丝行。

1949 年 5 月 7 日,嘉兴全境解放。中华人民共和国成立后,政府重视丝绸纺织生产,王江泾丝织业又得以延续。1950 年,廉让乡、长兴乡、南汇乡为丝绸纺织业繁荣区,丝织产品有素绸、蚕绸、洋纺、印度纺等。1952 年,荷花乡、洪典乡、东林乡、田乐乡、双阳乡共有织机 1780 台,涉及 22 个建制村,产品有文绢、花纺、复兴纺等,年产量约 11.9 万匹。

一方水土养一方人,地理环境总是决定性地影响一地人民的生存方式和人文品格。在悠悠大运河边的千年古镇王江泾,一代又一代人繁衍生息,大地赋予他们勤劳和质朴的品性,水赋予他们灵性,丝绸赋予他们温润却又极坚韧的智性,而对美好生活深切绵长的向往,让他们永远葆有生机勃勃的创造力和发展经济的内生动力。他们永不放弃,永不止息，千百年来用勤劳、智慧和坚韧，从无到有，从小到大，孕育出王江泾这颗运河明珠、这座浙北重镇。

由此，尽管王江泾在漫长历史中曾屡受重创，甚至遭遇毁灭性的打击，但王江泾人总会在战争废墟之上，筚路蓝缕，重建家园，重获生机。流淌不息的大运河、千年不绝的丝织业，让工商经济意识在王江泾人的血液中代代相续、神秘传递，仿佛是大地的记忆在这片热土上流传。尽管王江泾遭受一次次磨难，但万户机杼声却总是在岁月长河中一次次重新响起。

历史的车轮永不会停止，考验也永远不会断绝。中华人民共和国成立后的三四十年里，王江泾的万户机杼声并未像历史上那样恢复直至响彻大地。在 20 世纪 50 年代后期的社会主义改造中，由于国家对农民家庭纺织业进行限制，王江泾的家庭织机骤然停止。

响彻千年、不绝于耳的万户机杼声，在这片大地上骤然静默了，仿佛，大地的一部分记忆沉睡了。有谁，能将它再次唤醒？

第 章

顽强的根脉

那是 1979 年秋天，就在小岗村
18 位农民按下红手印的几个月后，
永聚村的卜金良从身边那些生意红
火的社队企业中找到了门路，做成
了他人生中的第一笔生意。

　　"出工了！出工了！"生产队长吹响的阵阵尖锐的哨子声，叫醒了小村庄，叫醒了还在熟睡的人们。

　　这是 1978 年冬日，浙江省嘉兴市郊区田乐乡永聚村一个普通的早晨。已记不清从什么时候起，日复一日，年复一年，村里都是这样的光景，人们每天被生产队长的哨子声叫醒。

　　"唉，又要出工了！"卜金良揉着惺忪的眼睛，一边从床边摸索着穿衣服，一边不情愿地嘟囔了一句。他看向土坯房那扇又小又破的窗户，上面糊的旧报纸早就破得不像样，天还没全亮，外面还是黑黢黢的。

　　尽管十分不情不愿，他还是默默地穿好衣服，潦草地用冷水抹把脸，和父母一起走出了门。外面隐约可辨出人影，村里人已经三三两两出门，拖着疲沓的脚步去出工。卜金良大门也没锁就出去了。这年月，村里各家各户都不怎么锁门，毕竟，家家穷得叮当响，也没什么好锁的。

　　卜金良高中毕业后，回到生产队参加劳动已经 1 年多了。下地劳动，他不算个好把式，其他社员笑话他细皮嫩肉，是个"秀才"。他每天跟着大家一起出工，但也的确对种地毫无兴趣。小伙子心里每天刺挠似的痒痒，他总想着能不能琢磨出一条别的出路。

1978 年对于中国是一个十分微妙和关键的年份。已经实行了多年的人民公社制度把全国农民牢牢地拴在土地上，"大锅饭"的弊端已显现无遗，农业效率的低下到了让农民无法生存的地步。令人振奋的是，这年 12 月，党的十一届三中全会拉开了改革开放的大幕。但具体就改革怎样推进，如何实施开放而言，整个国家都在艰难地摸索着出路。

重大的突破，往往在极偏僻、贫穷的地方，由一些平凡的小人物引起。同样在这个寒意料峭的冬日，在永聚村 400 多千米之外，在安徽凤阳小岗村一间低矮破旧的茅草屋里，18个破衣烂衫、面黄肌瘦的村民，就着一盏昏暗的煤油灯，毅然决然地在一张写满名字的契约上按下血红的手印，干出了一件"惊天大事"！

此前，由于连年饥荒，这 18 个农民所在的生产队里已经饿死了 60 多个人，饿绝了 6 户。没有饿死的乡亲也不得不成群结队外出逃荒，乞讨度日。被饥饿阴影笼罩着的小岗人，为了吃饱肚子终于忍不住了！这年冬天的一个夜晚，18 位农民聚集在一幢破草屋内，冒着巨大风险，秘密商讨分田单干。他们在一张皱巴巴的纸上摁下红手印，共同起誓，瞒上不瞒下，瞒外不瞒内，把田地分到各家，搞起包产到户。

这份"生死契约"的主要内容如下：

> 我们分田到户　每户户主签字盖章　如此后
> 能干　每户保证完成每户全年上交的公粮　不在
> (再)向国家伸手要钱要粮　如不成　我们干部作
> (坐)牢杀头也干(甘)心　大家社员也保证把我们
> 的小孩养活到 18 岁

这提着脑袋的"托孤"何其悲壮！但其实这只源于农民最朴素的愿望："哪怕坐牢,如果能亲眼看到亲人们吃上一顿饱饭,我认了！"穷则思变,没想到,农民们想出的包干制竟十分有效,第二年小岗村就实现了大丰收:1979 年 10 月,当年粮食总产量约 66 吨,约等于 1966 年到 1970 年粮食产量的总和;人均收入约 400 元,是上年约 22 元的约 18 倍！小岗村20 多年吃救济粮的历史就此结束,村里第一次向国家交了公粮,还了贷款。

当时,这群衣衫褴褛的农民不可能想到,一场改变中国亿万农民命运的改革实践,正由他们拉开大幕。1980 年 5月,邓小平在一次重要谈话中公开肯定了小岗村"大包干"的做法。1982 年,中共中央第一个关于农村工作的"一号文件"明确指出包产到户、包干到户都是社会主义集体经济的生产责任制，正式肯定了家庭联产承包责任制的合法性。农村改革的浪潮在全国各地掀起。

但在此刻，1978 年的这个冬天，田乐乡永聚村的人们对此还一无所知。中国实在太大了，这样一个大国摸着石头过河，任何一项政策都不可能一夜之间就推广开来，很多人的脑子更不可能一下子就转过弯来。发源于安徽凤阳小岗村的家庭联产承包责任制，由试点到渐次推开还需要好几年。

1978 年的料峭冬日里，王江泾这个浙北小村庄还在几十年既定的轨道上运转着。不过，变化已开始悄悄出现。

同样出于对吃饱饭的强烈渴望，王江泾农民朝着似乎截然不同的方向大胆探路。那是 1979 年秋天，就在小岗村 18 个农民按下红手印的几个月后，永聚村的卜金良从身边那些生意红火的社队企业中找到了门路，做成了他人生中的第一笔生意。

机杼声在王江泾的千家万户中停止之时，这个丝织古镇的根脉其实还在，它顽强地生长在各个公社、生产队等办的集体企业中，当时这些企业被统称为社队企业。除了王江泾绸厂、南汇织绸厂，一些生产大队也早早办起了工业，恢复了丝绸纺织生产。

在最苦的 1959 年，尖墩角大队就靠着织绸，解决了三大困难：一是买了 6.5 万斤口粮；二是购买肥田粉 9600 斤、人粪

2700 担;三是解决了农具添修资金短缺问题。这一年,尖墩角大队农副业纯收入 51642 元,其中织绸收入大约占到45%,撑起收入半边天,帮助社员渡过了难关。

看到社队企业效益好,很多生产队也纷纷办起丝织厂。到 20 世纪七八十年代,光田乐公社就有生产队企业 26 家,纺织机械设备共 154 台,生产的印花头巾纱远销到山东、河北等省。70 多个生产队企业也基本以纺织业为主。

"基本上每个生产队都有,或是纺织机,或是印染机,每队至少有两三台!"对那时的情形,卜金良记得尤为分明,因为他最初的商机就来源于这些社队企业。

就在不久前,他偶然"灵"到了一个消息:听田乐公社立新大队针织厂的会计讲,针织厂积压了一大批尼龙袜卖不出去,厂里贷来的钱到期了还不上,针织厂的资金快周转不过来了,厂长正急得团团转,千方百计想把尼龙袜降价销出去……

"这可是个商机啊!"卜金良瞬间眼前一亮。不过对这事他毕竟没经验,还是去找同生产队的沈金根合计合计。沈金根以前带人贩过黄沙,就是去湖州安吉把黄沙贩回来,再卖到嘉兴市区的一些工厂,虽然是为生产队忙活,但他毕竟出门做过生意,有见识,也有路子。何况,沈金根还跟他感叹过:"要想赚钱,还得想办法做生意啊!"这个商机,他肯定感兴趣！

"好哇！干！"果然，沈金根听完眼前一亮。他立即想到，就去安吉梅溪镇的荆民公社那个黄沙矿卖袜子。他贩黄沙时去过那里，那是个几千人的大矿区，这尼龙袜还是时兴货，到那儿肯定不愁卖不出去！

做生意要本钱，可这两人穷到一块去了，谁都拿不出钱来。幸好，沈金根认识立新大队针织厂的厂长徐永顺。他们两个一起去找到徐厂长，厚着脸皮说想先赊了袜子去卖，卖完回款了再来还钱。不料这徐厂长有点"牵丝攀藤"，说什么都不同意。两人不死心，围着徐厂长好话说了一箩筐：

"你这袜子积压着，不也变不出钱来吗？"

"你看我们乡里乡亲的，莫非你还信不过？"

…………

徐厂长禁不住两人软磨硬泡，再三犹豫后，也就半推半就地答应了。于是两人"空手套白狼"，打了张欠条，按每双8毛5分钱的价格，从厂里背出了2000双袜子。

次日天还没亮，趁着生产队还没出工，两人各自用根扁担挑两大包袜子，悄悄摸出了村。先坐轮船到苏州，第二天再搭汽车去安吉，傍晚时分才到安吉梅溪镇。两人找到了集镇上唯一的一家小旅馆，花4毛钱住了一宿。

第三天一大早，两人就沿着西苕溪，继续向上游的荆民公社黄沙矿进发。两岸青山翠峰，西苕溪沿着山脚蜿蜒流过，悦耳的淙淙水流声显得山谷里越发幽静。河水清凌凌的，十分透亮，能清楚地看到河床上大大小小的各色鹅卵石，还有成群游来游去的小鱼小虾。那时正是秋天，明媚的阳光暖暖地照射着青山绿水，沿河芦苇长满了一丛丛蓬松的雪白芦花，微风一吹，芦花就如飞雪一样飘飘洒洒，散落在水面上，再打着旋儿顺流而下，那景致真是美极了。

不过，为着生计奔忙的卜金良、沈金根两人完全没心思看风景。他们一人挑着几十斤袜子，沿着崎岖不平的山路溯溪而上，虽然是秋天，但衣服很快被汗水浸透了。隔段时间，累极了，渴极了，他们就到溪里掬水洗把脸，再喝饱水，坐在大石头上歇息一阵。就这样紧赶慢赶，中午时分，他们终于到达黄沙矿。

正是矿上的午饭时间，他们循着嘈杂的人声来到一间大食堂，上千号人正拿着饭盒进进出出，热闹极了。卜金良还从没见过那么大的食堂。他俩一看这阵势，兴奋得顾不上休整，就在食堂外的空地上摆开了地摊。沈金根把几双袜子拿在手上，清清嗓子，鼓起勇气放声吆喝起来：

"来啊，看看又软又舒服的尼龙袜，每双只要 1 块钱咧！"

"大哥，你来看看我这袜子，你摸摸，软不软……"

矿上很少有外人进来，之前也没有来卖尼龙袜的，大家一看，都饶有兴致地围拢过来。不一会儿，就里三层外三层地围上来一大堆人，这个问颜色，那个问大小，有人问"老乡，还能再便宜不"，有人直接脱鞋穿上袜子试起来……

两个人忙得团团转，顾了左边顾不住右边。有那爱贪小便宜的人趁他们不注意，拿两双塞口袋里，没付钱就走开了，还有人直接穿着袜子就走……

两人卖了一阵，一看情形不对，赶紧收摊了。晚上到住处一数钱，再算账，卖出 400 多双袜子，不但没赚钱，还亏了钱！

"嘿！今天有不少人没掏钞票啊！"

"你说说这帮人！现在哪哈办（怎么办）？"卜金良气得直拍大腿，"这样可不行，我们得想想办法！"

第二天，两人买了包烟，去找食堂管事的说好话。最后人家同意帮忙，午饭后借一个打饭的窗口给他们用。于是，他们就隔着玻璃在小窗口里卖袜子，一人收钱，一人点袜子交货，清清爽爽。

一连卖了 7 天，他们终于把 2000 双袜子全部卖出去了。一算总账，刨去成本，他们这一趟净赚 50 块钱，一人分得 25 块。

"这真是不错！顶得上 1 个月劳动挣工分了！"两人把钱数了好儿遍，才小心翼翼地揣到内口袋里，心里美得开了花。

在离家十来天后，两人终于回到永聚村。那天正是下午,生产队还没收工,怕被人家撞见,两人就蹲在大运河的岸坝背后,有一搭没一搭地聊着天,直等到天色暗下去,看到生产队收工了,社员们都三三两两从面前走过去各回各家了,他们才在夜色中悄悄溜回家。

或许,是因为这个千年丝织重镇的人确有着某种血脉传承,脑子里活跃着工商业意识,一遇机会就冒头。或许,是因为这里人均耕地太少,单靠种田实在无法养活这么多人,他们不得不像先辈那样另谋出路。不管怎样,一些像卜金良这样"胆大妄为"的农民,嗅到了空气里的变化,在商品经济的道路上,小心翼翼地艰难起步了。

如果把视线放得再远一点,会发现当时的卜金良们并不孤单。

在人多地少田薄的义乌,农民们穷极思变,开始挑着糖担走乡串户。"破铜烂铁,鸡毛鸭毛代换来喽!"在拨浪鼓清脆的响声中,货郎们亮起嗓子放声吆喝,做起"鸡毛换糖"的小买卖。在更偏远贫瘠的温州,人均耕地只有两分多,农民们不得不离开土地外出求条活路,就在1979年,乐清、苍南一带甚至突发走私狂潮,一艘一艘的走私渔船把境外的服装、小家电、小五金等偷运进来,在偏僻的小码头上形成一个个交易市场。这些背着商品四处兜售的大胆商贩,成了改革开放初期的第一代商人。

漫长的冬天里，原野上一片枯黄，了无生机。野火好像把草都烧光了，烧死了。但其实冰冷的焦土之下，草根还顽强地活着，它们竭尽全力伸到土壤深处吸取养分，以待来年春天破土而出……

笼子外的鸟

"白衬衫"当即就说要跟去旅馆拿货,他们全要了。结果到旅馆才知道,这两人都是严打"投机倒把"的"工商便衣",这是故意引他们上钩呢!

第一次做生意吃了不少苦头,回来后还被生产队长叫去狠狠批评了一顿,不过,卜金良尝到了其中的甜头。

他的心越发不安分起来,他整天到处想办法"灵市面"。很快,他还真打听到了一个新商机:收头巾纱到上海、苏州去卖,8 毛钱的纱巾到那边能卖 1 块多。这可比贩袜子赚得多,听说有不少人已经偷偷在做了!

这么好的商机一定得抓住! 不过,最近对"投机倒把"管得越来越严了,有时他还看到"工商大盖帽"查到村里来了。一切行动都得小心翼翼,绝对保密!

这年冬天,卜金良和父亲一起,去苏州贩了第一批纱巾,这次赚了 100 多块钱。脑子活络的卜金良没有去收现成的头巾纱,而是把家里的钱全部凑起来,直接到隔壁大队的丝织厂进了几卷白坯布——当然,他跟对方说,自己是帮生产队企业跑腿来代买的。回家后,他动员全家齐动手,把这些布全部裁成 80 多厘米见方,再用缝纫机卷边做成 1000 条头巾纱。几个月前,卜金良刚结婚,这缝纫机是新媳妇带过来最值钱的嫁妆,这下可派上了大用场。

隔天，卜金良又把这 1000 条头巾纱送到另一个生产队的印染厂里染色，自然，还是说帮自己生产队企业跑腿。

"你老实讲，到底是生产队的活儿，还是你自家的活儿？"那厂里负责的是个熟人，眨巴着眼睛冲他神秘兮兮地笑。这几个月里时不时有人打着生产队企业的名义，来染头巾纱再拿去卖，他早就知道其中的小九九了。不过，这几乎已经成为一个心照不宣的秘密，大家乡里乡亲的，他也就睁只眼闭只眼了。

几天后的一个早上，卜金良和父亲凌晨三四点就出了门，到码头搭轮船去苏州。那时已是寒冬腊月，大运河上北风呼呼地吹，冷飕飕地直往衣服里灌。父子俩穿得单薄，在船上冻得瑟瑟发抖，只好裹紧衣服，一直搓手跺脚。好不容易到了苏州汽车站南门，再转乘公共汽车，一路坐到苏州观前街和人民路交叉口处下车。

观前街上煞是热闹，正是人们出来吃早餐的时间。卜金良看到交叉口位置有家"人民点心店"，这家店开两个门，一个门对着观前街，一个门对着人民路，店里十分敞亮气派。这会儿店里面人头攒动，吃面的，喝粥的，吃馄饨的，还有吃馒头包子的，个个吃得红光满面，人人前面的碗里都热腾腾地冒着白气。父子俩闻着食物的香味，肚子立刻咕咕叫了起来。

"阿爸！我们也去吃热汤面吧。"卜金良拉着父亲进到店里，找了个靠窗座位，点了两碗最便宜的奥灶面。两个大海碗端上来，酱油色的汤里，一绺细面就像被梳子梳理过一样，在面碗里码得整整齐齐，散发出诱人的香气。大碗面下肚，再把面汤也喝个底朝天，卜金良还意犹未尽地咂咂嘴："蛮灵的，这苏州面鲜刮（鲜美）得来！"

吃饱喝足，做正事要紧。卜金良跟父亲说："阿爸，你就在这边等会儿，千万小心看好包，我先去找周老板！"说完，卜金良就朝观前街走去。

来之前他就打听清楚了，在苏州"投机倒把"也查得紧，捉到了货物全没收，还要罚款。街上人来来往往，偶尔有人看卜金良一眼，他的心就怦怦狂跳，因为他总觉得人家像"便衣"。他心里头紧张，一双眼睛滴溜溜到处看，踮着脚往前摸，鬼鬼祟祟的样子倒越发引得路人狐疑地朝他多看几眼。他好不容易寻到人家告诉他的那家布店，只见一个圆脸中年男人正埋头在柜台后面理货。

"同志您好！您是周老板吧？"卜金良试探着问。

圆脸男人抬起头来："我就是，你有啥事体？"

确认周老板的身份后，卜金良说明来意。周老板倒爽快，说："你去把包拿过来吧，1000 条我全要了！"

卜金良为难地说："周老板，听说这里抓得紧，我就这样背着大包过来，怕不安全吧？"

"你别走正街，从后面弄堂里绕过来！"周老板说完，就拿出笔来给卜金良画了张地图。

卜金良拿着地图，回人民点心店找到父亲，然后他们一人背上一个大包，按照地图从旁边小弄堂里三弯两拐到了布店后门。

周老板把头巾纱拿出来清点完毕，笑眯眯地对父子俩说："你们大老远来，头一回到苏州吧？俗话讲，到苏州不可不来观前街，到观前不可不去玄妙观——这样，你们先去玄妙观逛逛，也算不白来一趟。我准备一下货款，两小时后你们再来拿钱！"

玄妙观就在附近不远，父子俩去里里外外逛了两圈，又沿着观前街看各种商店，不到两小时就返回了布店。那时周老板正在谈生意，一个河北石家庄人把刚才那 1000 条头巾纱全买走了，现场就给周老板厚厚一沓钱！

"周老板，您太会做生意了！这一笔赚不少吧？"卜金良脸上堆笑，奉承地问。

周老板的圆脸上笑开了花，但他没有回答问题，而是直接把货款点清了交给卜金良："下回来之前，你可以先给我发电报！"

卜金良高兴得连声说好，小心地把写着地址的字条塞进内口袋。

　　回程时，卜金良和父亲没有直接回田乐。路上，他们听说苏州吴江平望镇有个丝织厂，于是就想过去碰碰运气。这一趟出奇顺利，他们用刚拿到的货款，直接在平望的丝织厂又进了 1000 多米布。父子俩各挑一担，费了九牛二虎之力，终于趁夜把布挑回了家。又如法炮制，一家人齐上阵，把布全加工成了头巾纱。

　　这天生产队出工时，卜金良正有一搭没一搭地刨着土，心里盘算着哪天再去苏州给周老板送货。突然队里广播响起来："各位社员同志请注意！各位社员同志请注意！最近有人搞投机倒把……"

　　卜金良听到"投机倒把"几个字，心里咯噔一下，一个趔趄差点摔倒。他赶紧稳住心神，支棱起耳朵仔细听广播。

　　广播里的人说话语气非常严厉，说是最近公社一些生产队的社员私自贩布买卖头巾纱，这是严重的投机倒把罪！大喇叭里的大嗓门，就像鞭子一鞭鞭狠狠地抽在卜金良心里："凡是贩过头巾纱的，明天收工前到大队主动承认错误；如果隐瞒不报，一律从严从重处罚！凡是家里藏有布匹、头巾纱的，也要在明天收工前全部主动交到大队；如果到期不交，就到你家里来搜查，搜出来的全部没收，从重处罚！其他知情的社员同志，请你们也要提高警惕，走资派就在我们身边，请了解情况的同志积极到大队检举揭发……"

听到这里，卜金良吓得冒出一身冷汗，心扑通扑通狂跳起来。他地也顾不得挖了，赶紧跑去找父亲商量对策。这天晚上，父子俩又把头巾纱包得严严实实，装在大箩筐里，一口气挑到永红村，藏到卜金良的老丈人家。永红村还没什么人做生意，没人来查，他们就把头巾纱先寄存在那儿。

不过，放在老丈人家也不踏实。第二天凌晨，卜金良出发去苏州观前街，找到了周老板。他说："我有货，但我们那儿最近查得太紧了，我拿不出来，你想想办法去拿出来吧。"这次，卜金良也给周老板画了一张到他丈人家的地图。

等卜金良到家时，生产队长带着几个民兵和"大盖帽"正在等他。他们在他家搜了一圈，一无所获，专门等他回来。他被叫到公社去接受批评教育。到了公社的"打击投机倒把办公室"，他发现有几个人已经沿墙根站成一排，个个垂头丧气，瘟鸡似的，被批评得抬不起头来。

"根据群众反映，你经常不参加集体劳动，跑出去搞投机倒把！"卜金良一进去，公社一位领导严厉地盯着他，大声说道。卜金良像个受气小媳妇，也低着头，拱肩缩背地站在那里，大气也不敢出。

"你们低买高卖，牟取暴利，这是什么性质知道吗？这是挖社会主义墙脚，性质很严重！"

"根据上级政策,我们要坚决割资本主义尾巴,人要抓,钱要罚!"

"如果个个像你们一样都出去投机倒把,生产队的活还要不要干?! 都不干活大家吃什么?!"

"投机倒把是违法行为,要坐牢的!"

公社领导连珠炮似的批评,把几个人说得胆战心惊,直冒冷汗。

幸好,这次几个人倒是没有被抓去坐牢,而是根据情节轻重罚款,还让他们检讨错误。卜金良被罚款100元,垂头丧气地回去筹钱了。

几天后,他老丈人突然上气不接下气地赶来,说有个苏州人到永红村,指名要找他。

"肯定是周老板来了!"卜金良一听就明白了,赶紧和老丈人一起赶往永红村,果然,一张圆脸正堆满笑等着他呢!卜金良一见这圆脸,立即把几天的阴霾一扫而空,也咧嘴笑起来。当下,他和周老板做成了这笔生意,补上了罚款的损失。

在村里被批评、罚款,出去的时候也没少吃瘪。

1981年秋天,卜金良和父亲、弟弟总共背了1万多条头巾纱去上海城隍庙,本来打电报约了城隍庙福佑路上的一个大老板,你说巧不巧,这位上海大老板也姓周。在福佑路上等着接头的时候，卜金良一行站在街边有说有笑："嚯！到底是大上海，这上海城隍庙可比苏州观前街还热闹阔气得多。"大街上人来人往，川流不息，各种商店密密麻麻，抬头看是各式各样的招牌，玻璃柜台气派敞亮，摆的不少都是时新商品。

他们正兴高采烈地看着热闹，突然有两个人径直朝他们走来，其中为首的穿着白衬衫，派头很大的样子，上来就问："你们带了多少货？"

弟弟忙满脸堆笑地问："你是周老板吗？"

那人点头称是。

他们连忙把头巾纱拿出来给"白衬衫"看。"白衬衫"皱着眉头说："你就这点东西啊？还有货吗？"

卜金良一行忙不迭地齐声应："有有有！在旅馆里。"

"那去旅馆吧！""白衬衫"当即就说要跟去旅馆拿货，他们全要了。三人满心兴奋，这下遇到了大老板啊，没想到这趟生意这么顺利！

不料到了旅馆，等卜金良他们把头巾纱全拿出来，"白衬衫"却立刻变了脸，换了副严厉的表情喝道："你们这是投机倒把！"

原来，"白衬衫"和另一个人都是严打"投机倒把"的"工商便衣"，这是故意引他们上钩呢！

三人被抓了个现行,人赃俱获,这下只有认栽。卜金良他们带去的1万多条头巾纱被两个"便衣"全部没收了。这还不算,"便衣"还叫他们把外套都脱了,上上下下搜了个遍,看有没有通过火车、轮船托运或寄存的凭单。货全泡了汤,三人又挨了好一顿批评教育,只好垂头丧气地回到永聚村。这回,他们可吃了大亏,别说赚钱,连本钱都赔光了!

改革开放走过三四十年之后,后来的人们总有个美好的误会,以为1978年党的十一届三中全会一开,全国人民立刻热火朝天地投身商品经济,一切都像开闸放水那么顺理成章,但真实情况并非如此。一个封闭已久的社会不可能一夜之间变得开放,僵化教条的管理体制还有着很大的惯性,长期活在"以阶级斗争为纲"氛围中的人们,其实很难一下子接受市场经济。

那个年代,"左"与"右"、"公"与"私"、保守与开放、僵化与改革,这些词常常在天空中碰撞着,碰撞得火光四溅,铮铮作响,浓雾弥漫。空气中的每一丝颤动,都有可能引爆一场惊雷闪电……"1979年,那是一个春天。"春天真的已经到了,但远没有歌曲里唱得那么浪漫,空气里还充满料峭的寒意。当时,一位名叫食指的诗人曾写过一首诗——《热爱生命》,诗里写道:

　　　　我流浪儿般地赤着双脚走来，

　　　　深感到途程上顽石棱角的坚硬，

　　　　再加上那一丛丛拦路的荆棘，

　　　　使我每一步都留下一道血痕。

　　诗句传诵一时，似乎预见了改革开放的艰难曲折。就像1981年，谁也没料到改革形势会这样急转直下。在元旦之前，政策还是沿着鼓励个体经济发展的路线推进的。但是没多久，口径就突然出现了大转变。1981年1月，国务院两次发出紧急文件，"打击投机倒把"，不仅规定"个人（包括私人合伙）未经工商行政管理部门批准，不准贩卖工业品"，"不允许私人购买汽车、拖拉机、机动船等大型运输工具从事贩运"（《关于加强市场管理　打击投机倒把和走私活动的指示》）；还限制了农村社队企业发展，如"为了限制同大的先进工业企业争原料，避免盲目建厂和重复建厂，取消现行社队企业在开办初期免征工商税和工商所得税二至三年的规定，改为根据不同情况区别对待的办法……凡同大的先进工业企业争原料的以及盈利较多的社队企业，不论是新办的或者是原有的，一律照章征收工商所得税"（《关于调整农村社队企业工商税收负担的若干规定》）……

　　一时间，全国气氛紧张，"打击投机倒把"成为当年度重要的经济运动之一。

1982 年 1 月和 4 月,中央又发出紧急通知和出台相关决定,要求严打走私贩私活动。经济整肃的持续,使先发的商贩们承受了巨大冲击和压力。就在这一年,温州爆发了轰动全国的"八大王事件"。说是"八大王",其实就是温州乐清柳市镇上的 8 个个体工商户,"五金大王"胡金林、"线圈大王"郑祥青、"目录大王"叶建华、"螺丝大王"刘大源、"矿灯大王"程步青、"合同大王"李方平、"机电大王"郑元忠和"旧货大王"王迈仟。① 这些"大王"在现在看来,不过是做了一些小生意,倒卖点产品,但在当时"严打"的紧张气氛中,他们或被抓捕判刑,或被全国通缉,如过街老鼠般四处躲藏。当年只有 22 岁的程步青被逮住后,乐清专门召开公审大会,他被五花大绑押上台,接受群众的批斗和唾骂,然后宣布判刑 4 年。

春天并不浪漫。这样看来,当时卜金良们所受的压力和挫折,与整个国家的政策风向密切相关。而后来的人们也终于弄清楚,当时这一政策转向的主要原因——当时国营企业效益下滑,中央财政捉襟见肘,为了力保国营企业发展,不让农村冒出来的那些社队企业甚至个体户与国营大企业争市

---

① 关于"八大王"的说法不一。一说为"五金大王"胡金林、"线圈大王"郑祥青、"目录大王"叶建华、"螺丝大王"刘大源、"矿灯大王"程步青、"翻炒大王"吴师濂、"胶木大王"陈银松、"旧货大王"王迈仟。

场、争原料、争资源、争劳动力，当务之急，是整治那些不听指挥的"笼子外的鸟"。

回首来时路，个体、私营经济从一开始萌芽就面临着重重困难。但令人惊讶的是，其生命力格外顽强。那些当时还很不起眼、游离在体制外、脚上还沾满泥土的小人物，或是农民，或是失业者，或是返城人员，他们敢闯敢干又坚韧无比，脑子活络又特别吃苦耐劳，在一次次挫折打击中顽强地发展壮大着，最终共同成就了举世瞩目的经济奇迹。

这些"笼子外的鸟"，给点阳光就灿烂无比，给点雨露就肆意生长，给片天空就展翅高飞。他们总是能够剑走偏锋，在严密的"计划"之外撕开口子，并最终夺得地盘。

这时还挫折不断、狼狈不堪的卜金良，就是这个群体中的一分子。这个当时看起来"胆大妄为"、爱折腾的农民，将在 10 多年后成为王江泾最早一批创立私营企业的乡镇企业家之一。而正是这些乡镇企业家的顽强奋斗，王江泾田乐乡终将很快再次响起万户机杼声。

第 章

骚动的田野

"看绸机了！看绸机了！"乡村邻里间没有秘密，很快，这个天大的喜讯像自己长了翅膀一般，在乡间迅速传播开来，从新农村传遍整个田乐乡，又从田乐乡传遍全郊区北片……忽如一夜春风来，整个乡村的田野都骚动起来，所有渴望致富的人都蠢蠢欲动……

　　"最近不少人开始单干做生意了,你听说了吗?"趁着生产队集体劳动的休息空当,汝金生挽起裤脚,叫上汝掌生走到离大伙儿远远的田塍上,一屁股坐在草堆上。拉扯几句闲话后,他忽然把声音压得很低,凑过来神秘地问。

　　"你也听说了?"原本漫不经心的汝掌生惊讶地抬起头,还忍不住嘟囔了一句,"看来是真的了……"

　　"千真万确! 我听人讲啊,荷花、南汇、市泾那些地方,都有不少……"汝金生顿了顿,自言自语似的轻轻说,"政策好像宽了……"

　　这是 1983 年夏天田乐乡新农村的一个下午。家庭联产承包责任制尚未在这里实施,社员们仍然要每天集体出工挣工分。

　　每天的劳动是雷打不动的。在生产队队长的带领下,村里所有能干活的人天不亮就出门,天黑了才回家,从凌晨四五点干到晚上七八点,从正月初七干到大年三十。然而一年忙到头,大家还是逃不脱一个字——穷!

　　不过,最近情况好像有点不同了。村组里,田塍上,时时有社员三三两两聚在一起咬耳朵。有人做生意单干的消息在这些窃窃私语间口口相传，让空气中都充满躁动的气息。

汝金生最近被这些消息勾得心神不宁，经常翻来覆去睡不着，想着心事睁眼挨到天亮。

他总想起这些年难挨的苦。农民什么问题最大？吃饭问题最大！可活到55岁，他这大半辈子没过上几天吃饱饭的日子。

他年轻时正赶上农村办人民公社，那时候喇叭从早响到晚，到处彩旗招展、锣鼓喧天，全中国的农民都被人民公社鼓动得情绪高涨。随着人民公社的成立，各家各户的几亩地都统一划到了人民公社名下，每家只有一小块自留地。村长不叫村长了，改叫队长，农民都变成了社员。队长每天早晨天不亮就站在村口树下吹哨子，村里男男女女的社员就都扛起锄头到村口集合，等着队长分派一天要干的活。一开始社员们都觉得新鲜，排着队下地干活，大家嘻嘻哈哈地看着别人的样子笑啊闹。

家里的田地划出去了，也有人舍不得，谁知没过多少日子，连家家户户的锅都归了人民公社，说是要把锅都砸了大炼钢铁。连带着家里的柴米油盐、羊啊猪啊什么的也都归了公。砸了锅吃什么？没柴没米吃什么？

"吃食堂！"队长豪迈地大手一挥，说，"公社办了食堂，以后大家都用不着在家做饭啦,省出力气往共产主义跑,抬抬腿就到食堂,鱼啊肉啊撑死你们。"

于是社员们开天辟地头一遭过上了吃食堂的幸福生活,过去这可是国营大厂的工人们才有的待遇。有了食堂的确省事,饿了只要抬抬腿就有吃有喝了。队长的确没说瞎话,食堂饭菜敞开吃,能吃多少吃多少。

"放开肚皮吃饭,鼓足干劲生产!"这句鼓舞人心的口号传遍大江南北,农民听了别提有多提气! 在公社食堂吃饭不要钱,一开始,为了让大家吃饱吃好,大食堂倾其所有,不但吃饭不限量,吃菜也要"一个星期不重样",有时吃不完就倒掉喂猪。当时顺口溜这么唱:"人人进入新乐园,吃喝穿用不要钱;鸡鸭鱼肉味道鲜,顿顿可吃四大盘!"

那时汝金生正是 30 多岁的汉子,力气大,饭量也大,他就跟大家一起敞开肚皮吃——他长这么大都没吃得这么畅快过! 听说有些公社的公共食堂还开起了"流水席",社员随到随吃,连过往行人都是来了就吃,吃了就走。大家都说,这是"跑步进入共产主义"。

只可惜好景不长,"吃饭不要钱""放开肚皮吃"不到两三个月,很多食堂就已经寅吃卯粮了。很快,公共食堂改用饭票,通过定人定量来节约粮食。可就是这样,"大锅饭"也还是吃不下去了,公社的米桶很快见了底。于是公社大食堂只好解散，又改成各家各户分灶吃饭。

之后碰上三年困难时期，尽管当地人人都勤扒苦做挣工分，连孩子们都想尽办法去打猪草、捡牛粪，可大家一年到头还是吃不上一顿饱饭。庄稼人苦没少受，可一年年下来常常两手空空。队里穷，各家各户还能不穷吗？王江泾这里水网密布，人均耕地少，田地产量又低，而且这儿地势低洼，每年一有台风暴雨总是受灾严重，大伙儿的日子就更难熬了。人均一年只能分到 300 多斤口粮，根本不够吃啊！

饿肚子的滋味太难挨了！汝金生家里人口多，父母亲都一大把岁数了，老胳膊老腿的，挣不了几个工分，而几个孩子还小，都张着嘴嗷嗷待哺。没办法，每个月的口粮都要精打细算，每顿都不能多吃，不然到月底全家就得断炊。他的老婆经常抓一把米兑上好几瓢水，煮上一大锅米汤，清得能照见人影，全家人一顿饭也就这么对付过去了。

就算这样节省，有段时间家里米缸还是见底了，真是一粒米也没有了！他们想尽各种办法填肚子，把胡萝卜、番薯、豆渣煮熟了当饭吃，原本猪吃的麸皮做成麸皮粑粑，再糙也咽得下去。最后饿得实在没办法的时候，什么都拿来吃，连地里过去只用来积肥的紫云英，都撒点盐稍微腌一下拿来填肚子，就是这个吃多了，人拉不出大便，肚子胀得难受。

汝金生是家里唯一的全劳力，每天起早贪黑地干活。最苦的是夏天割稻谷,毒辣的日头晒得人脸上蜕皮,稻穗刺得人浑身发痒,手上被拉出一道道血口子,胳膊上密密麻麻全是小红点。割完稻还要挑担、脱粒,都是力气活,肚子又经常吃不饱,有时饿得腿肚子直打战。他自己再苦,都咬紧牙关忍着,但他心疼几个孩子,还那么小,正是长身体的年龄,却总是吃不饱,个个饿得面黄肌瘦、全身浮肿,脚肿得像两个透亮的发面馒头,让人看着就心酸……

其实,就汝金生家这样,还不算村里最困难的。他家到年底一算账,收支勉强还能扯平,有时遇上风调雨顺的好年景,过年时还能从生产队分得几十块钱,一家人过个温饱年。生产队里还有十几户人家,劳力少,孩子多,负担重,年年是"倒挂户",就是一年到头辛辛苦苦,算下来挣的总工分还不够抵扣一年的口粮,不但积不下什么,还倒欠了队里不少工分。

庄稼人一年忙到头最盼过个好年,现在是指望不上了,只能想尽办法弄点粮食勉强糊口。记得有户人家过年没粮,实在没办法,只得眼泪汪汪地把家里唯一的一张床拿去卖了,给全家人换点口粮。大年三十,社员们都不出工,生产队长就让这户人家去把沟渠清理一下,上半天工给他算一天的工分,这就算难得的"特殊照顾"了……

后来,《王江泾镇志》如是记载:境内各公社粮食严重减产,相继发生饿(口粮不足)、病(浮肿病)、逃(人口外流)、荒

（土地荒芜）现象，还有"三瘦"——人瘦、田瘦、牛瘦，"五缺"——缺口粮、缺种子、缺资金、缺肥料、缺农具。

谁能想到，历史上一直富庶安乐的鱼米之乡、丝绸之府，也会这样穷到揭不开锅，连老百姓的肚子都填不饱？

"这是什么年月啊？"汝金生想到这里，忍不住重重地叹了口气。他多少次在心里问："难道这穷根还要一代代传下去吗？难道下一辈还要继续过这样的苦日子？"

那段时间以来，汝金生就这样苦闷地憋着一肚子事，不敢随便跟人讲。这些年庄稼人也都听熟了一句话——"以阶级斗争为纲"。这样跟人叹苦经，要是被人说成给人民公社抹黑，那是要被批斗的，那样的话全家人在村里都抬不起头来！

可就在最近，他的心思越来越活泛。一些大胆的念头在他脑子里不安分地冒出来，心里像有个猫爪子日夜在挠，挠得他整宿整宿睡不着觉。终于，他打定主意，今天出工时，瞅准机会找汝掌生合计合计。他们两家平时就要好，最困难的时候总是互相拉扯帮衬着渡难关，掌生他是信得过的。

"政策好像宽了……"汝金生重复了一句，目光炯炯地盯着汝掌生。

汝掌生不响，拧着眉头，若有所思。他想起前不久到隔壁永聚村时听到的一个大新闻。

永聚村有个叫杨宗贵的驻村干部,老家是山东的。有一次他山东老家来了个亲戚,带来一个石破天惊的大消息——在山东,集体的田地都已经分到各家各户了!公社解散了,生产队成员也不一起出工了,各家各户都种自己的承包田!

"真的把田分了?"

"各家各户单干吗?"

"那还记不记工分呢⋯⋯"

当时,村里好多人一下子涌到驻村干部家,兴奋地围住山东客人,七嘴八舌地问东问西。

"那还有假?老早分了!我家就分了7亩地!"山东客人拍着胸脯说,这事儿千真万确。他说:"分田到户后,交足国家的,留够集体的,剩下的都是自己的!"

"那自己能剩下多少?"几个人异口同声,心急火燎地问。

"那就要看各家各户的本事了,只要你肯干,粮食肯定比以前多!"山东客人说,"家家户户单干,自己的地侍弄起来格外尽心,挑粪,施肥,除草,一点不马虎,粮食收得明显多了!"

永聚村一群人听得又是惊叹,又是羡慕:"我们这里会不会也要分田呢?"

"那肯定要分的,听说全国都要分田到户!"山东客人毫不迟疑地回答,一脸笃定的神情。

听汝掌生讲完永聚村的消息,汝金生兴奋起来,忍不住嚷嚷："你看我说什么来着，政策真的变了……"

"你小点声！"汝掌生慌忙提醒他。

"我有个想法……"汝金生又压低声音，把最近这段时间盘桓在他脑中的大胆念头和盘托出——他想跟汝掌生合伙，一起去买一台织机回来织布！

"最近有不少义乌人来我们这儿，到处收购头巾纱，听说加工一条就能赚两毛钱！如果我们自家有台织机织布，肯定能赚钱！"

汝掌生听完这个疯狂的想法，惊得差点叫出声来！

说起织机，这一带的人都不会陌生。他们小时候，几乎家家都有织机。大人们日夜织布，隔段时间就把织好的布拿去卖了贴补家用，收入经常超过种地所得。汝掌生就听他爷爷说过，爷爷年轻时养蚕、织布，最多时一年收入有480块银圆。那可是笔了不得的收入，够一大家子人一年到头好好过活呢！

织布自然是能赚钱的，可前些年，别说私人买织机织布，就是家里养只鸡也要被当作"资本主义尾巴"割掉，搞不好自己还要被拉去批斗、劳教，现在汝金生竟然想去买织机——

"你这胆子也太大了！万一……"

"万一再做万一的打算，真出事了，我一个人兜着！"汝金生脸色严肃起来，他又咬紧牙关重重地说了句，"要是我真出事了,你帮我拉扯下我那几个娃!"

听了这话,汝掌生一下子被激得气血上涌,脸涨得通红:"你这讲的什么话! 要干一起干,要出事也是我跟你一起担!"

他心里何尝没有憋着一股劲呢? 这些年,他们一家九口生计艰难:吃了上顿愁下顿,老父亲一度饿得下不来床;住的是老一辈传下来的破房子,早已四面漏风;穿的是破衣烂衫,一年添不了一件新衣裳……穷极了,饿怕了,只要有赚钱门路,哪怕上刀山下火海也要赌这一把!

接下来的日子里,两个人一有空就琢磨这件事,当然得避开人,偷偷地进行。经过反复商量,他们打算先买一台织机试试看,毕竟这事儿谁也没干过,心里没底。更重要的是,两家都穷,拿出所有的钱再加四处筹借,最多能凑出四五百块,也只够买一台二手机器。织机肯定不能在本地买,可以去隔壁吴江的黎里,毕竟跨省了,更稳妥些。汝掌生有个亲戚在黎里,可以托他帮忙联系。

织机买回来,怎么组装?

"这个不用担心!"汝金生盘算着,组装维修机器可以去找他堂弟,他堂弟就在附近一家社办丝织厂做保全工,就是专门干这个的。织布也不用愁,汝金生早想好了,请他姐姐来帮忙,姐姐年轻时就在盛泽做织工……

　　两人合计了一个多月，把每个细节都反反复复盘算。终于在深秋的一个傍晚，他们悄悄地划船出发，在夜色掩护下把织机从黎里买回来了。第二天，汝掌生又偷偷到邻村的织绸厂托熟人领回一只"轴头"……

　　几天后，"咔嚓咔嚓"的织布声在汝金生家昼夜不息地响起。姐姐坐在织布机前，两只手来回翻飞。投梭，接梭，经纬线就在这往返交织中变成一卷卷纱布。这节奏是那么熟悉，旋律是那么动听，让汝金生一下子回想起小时候母亲在房间里织布的情景……

　　日子也像梭子一样飞过，转眼一个月过去了。这天夜里，汝金生和汝掌生凑在昏黄的灯光下，一算账，啊，他俩一个月卖出了 1000 米纱布，赚了 500 元钱！

　　天哪，这是真的吗？两个人一遍遍数钱，简直不敢相信。500 元钱，这可真像个天文数字！过去想也不敢想！要知道，一个全劳力在生产队出工一天，就算再卖力气，顶了天能计 10 工分，折合算下来只有 8 毛钱，一个月全勤也就赚 20 多块钱！

　　"看绸机了！看绸机了！"乡村邻里间没有秘密，很快，这个天大的喜讯像自己长了翅膀一般，在乡间迅速传播开来，从新农村传遍整个田乐乡，又从田乐乡传遍全郊区北片……忽如一夜春风来，整个乡村的田野都骚动起来，所有渴望致富的人都蠢蠢欲动……

义乌人来了

谁也没有料到，义乌货郎的手摇拨浪鼓在多年后摇出了一个全球最大、万商云集的国际性小商品市场；而罗春荣们手织的一条条头巾纱在多年后也将编出一个"中国织造名镇"。

你看过冬天过后的田野吗?

一旦春的消息到来,所有蛰伏在泥土之下的草种就像约好了一般,在一夜之间几乎全部苏醒,争先恐后地破土而出,肆意生长。前一刻还是天寒地冻、万物肃杀,仿佛一刹那间,天地之间就已春意盎然、生机勃勃。

在改革开放的春天里,大胆的王江泾商贩开始走出去,挑着担子四处兜售商品。几乎就在同一时刻,全国各地的商贩们也都已闻风而动了,省内的义乌人、温州人,外省的江苏人、福建人、河南人、山东人……他们不辞劳苦,风餐露宿,跋山涉水,走街串巷,在当时交通还很不发达的情况下,就靠着肩扛、背驮加步行,也能到达几乎任何偏僻的角落——只要那里有商机,哪怕是只能赚一点微利的不起眼小生意,他们也不惧千难万险前往。

恰恰就是这些做着不起眼小生意的不起眼小人物,仿佛一个个复苏的经济细胞。他们四海奔忙、长途贩运,他们低买高卖、互通有无,他们交换信息、穿针引线,以最朴素的商业逻辑和最强烈的致富渴望,从底层驱动着整个国家经济的艰难转轨。

"最初,我们挑着头巾纱贩到上海、苏州,那里的老板再把头巾纱销往全国各地,渐渐地打出了名气。各地客商都知道我们这儿生产头巾纱,他们就直接来这儿采购了。"卜金良说。

卜金良们的四方游走,让王江泾声名远播,逐渐吸引越来越多来自全国各地的商人主动上门。

1983 年夏天,田乐乡市泾村的 23 岁青年罗春荣,就是在这些慕名而来的外乡人身上找到了商机。

罗家兄弟 3 个,罗春荣是老大。在那时,按理说儿子就是好劳力,谁家有 3 个儿子那都是福气,人丁兴旺,四邻羡慕。可在 20 世纪 70 年代,罗家三兄弟都还未成年,大的十几岁,小的才几岁,还不能参加集体劳动挣工分。正在长身体的他们饭量倒是很大,整天饿得嗷嗷叫,看到吃的就两眼放光。这可苦了罗家父母,拼死拼活地做活,家里还是穷得揭不开锅,年年是生产队的"倒挂户"。

穷人的孩子早当家,老大更要早早地帮父母挑起家庭重担。罗春荣小小年纪就一边上学,一边帮大人干活,割草、喂猪、捡牛粪、挖泥煤,样样都行,背的担子看起来比人还大。他仿佛攒着一股劲,从来不叫苦。

罗春荣上小学时,正是"以阶级斗争为纲"开展得如火如荼的年代,连田乐这样的乡村也未能避免。一波又一波的运动口号像浪潮般袭来,搅得学校里人心惶惶,教书的无心教书,读书的无心读书。几个年级大大小小的学生都坐在一间破教室里,老师上课教学三天打鱼,两天晒网……家里本来就穷,加上学校这个样子,罗春荣索性不上学了。他小学还没毕业就辍学回了家。尽管那时才 13 岁,但他长得人高马大,回去后在生产队放了两年牛,也能挣上工分了。

16 岁时,罗春荣到田乐乡建筑队当泥瓦匠,8 年时间里,他跟着建筑队东奔西跑,从学徒、小工一直做到大工,每天工资也从 7 毛逐步涨到 1.5 元。后来因为跟工头意见不合,在一次争吵之后,犟脾气的罗春荣不顾队长、工友们的挽留,直接卷起铺盖回家了。

这是 1983 年的夏天,此前短短几年间,田乐、荷花、南汇……这一带的乡村悄然发生了种种令人欣喜的变化,整个政策环境变宽松了,赚钱的门路也多起来了。最显著的变化是这里来了一拨又一拨的外乡人,他们风尘仆仆,操着南腔北调,其中最多的是义乌人。外乡人坐船到码头后,就走进各个村打听哪里能收购头巾纱,然后拿出一沓沓的钞票,换成大包小包的头巾纱背走……

"小伙子,你是本地人吧？跟你打听个事情,你知道哪里有做头巾纱卖的吗？"有一天早晨,罗春荣正走在路上,突然被一个穿蓝布衫的外乡人叫住。外乡人说，他叫骆光明，是义乌来的，到这一带来收购头巾纱，拿回义乌去卖。他是第一次来，人生地不熟，想请罗春荣帮忙带个路。

罗春荣本就是个热心肠，更好奇这些义乌人是怎么做生意的，于是，就带骆光明去了生产队印染厂。那里刚好有1000条头巾纱，义乌人以每条8毛钱的价格全买走了。

"你还能找到头巾纱吗？听说你们这儿有些私人家里也在做的……"出来后，骆老板眨巴着眼睛问罗春荣，这外乡人"市面"倒是"灵"得很。

这个情况罗春荣也知道。当时这一带农户家里都还没有织机、印染机，不过，有些人会去生产队丝织厂把白坯布买回家，裁剪成一块一块再拿去印染，加工成头巾纱卖。

"那我帮你去打听打听！"罗春荣热心地回答。他想，帮人帮到底，说不定他也能找到商机。于是，当天中午，他把义乌客人带回家吃午饭，又去打听到两户做头巾纱的人家。骆光明下午把这两户人家跑完，总共收了2000条头巾纱。

把带来的两个大包全部塞得鼓鼓囊囊之后，骆老板掏出20块钱来，非要塞给罗春荣。"小兄弟，这钱你一定得收下！全靠你帮忙，我这趟头巾纱收得这么顺利，这是该给你的！"

"这样带带路，你就给钱？那哪好意思嘛！"罗春荣有点难为情。

"当然要付钱,这是规矩,我们义乌人做生意讲的就是一个诚信,不会让你白白吃亏!"骆老板将20块钱一把塞到罗春荣手里,又一挥手,豪气地说:"有句话你听说过吗,时间就是金钱,效率就是生命?"

"时间就是金钱,效率就是生命!"罗春荣听得心头一震,久久回不过神来。他从来没听说过这句话,它跟大家当时的观念太不一样,可它就好像带着一股强大的力量,一下子击中了罗春荣的心。直到义乌人背着两大包头巾纱走了,罗春荣还在反复咂摸这话里的道理。

他那时哪里知道,这话源自南边的广东深圳,那里是我国最早的经济特区。两年前,深圳的蛇口工业区内竖起了一块大牌子,上面就写着这12个字。有人说,中国走向市场经济正是从这句口号开始的!

当然,那时的罗春荣对此还一无所知。这句话在他浑浑噩噩的意识中硬生生辟出一道光来,更重要的是,帮助他找到了一条赚钱的门路。一天20块钱,可抵得上他在建筑队十几天的收入了!

"这么多义乌人过来收货,他们对这边的情况不熟悉,我就给他们当带路人!"他说。

从那天起,罗春荣就每天风雨无阻地跑码头,去那儿等义乌来的老板。去了几天他才发现,像他一样带路的还有别

人。不知从什么时候起，这门带路生意已经约定俗成有了行
情，义乌老板收购头巾纱，按每条头巾纱1分钱的报酬付给带
路人。那时村里没有餐馆，没有旅社，带路人还会把义乌老
板领回家吃顿午饭。有时义乌老板还会借住一宿。

当时王江泾有两个轮船码头。一个是田乐码头，每天有
一班轮船清晨5点多从嘉兴市区轮船码头开出来，途经杉青
闸码头、田乐码头一直开到苏州。轮船停靠田乐码头的时
候，一般是上午8点多。另一个是荷花码头，是客运轮船从嘉
兴开往盛泽途经的一个停靠点。

每天，罗春荣就掐算着轮船停靠的时间，在这两个码头
间来回跑。轮船靠岸，乘客们纷纷下船，罗春荣腿脚快，眼睛
尖，看到有脸生的外乡人，就上前一个一个问："大哥，您是来
收头巾纱的吗……"

最开始的时候是守株待兔，有时天天有生意，有时几天
也碰不上一单。不过，每次新来一个义乌老板，罗春荣就跟
他互相留下联系方式。一回生二回熟，下回义乌老板再来收
货，就提前给罗春荣发电报，什么时候来，要多少货，都约好。
这样，罗春荣就提前收好头巾纱，等这些义乌老板来的时候
就直接交货给他们，义乌人一背就走，一点工夫也不耽搁。
这才叫，时间就是金钱，效率就是生命！

罗春荣脑子活络，做事麻利，又特别讲诚信，时间一长，

他的客户越攒越多。那个骆老板后来又来过好几次,还带来了他的兄弟姐妹一大帮人,他们也都成了罗春荣的客户……

义乌人来得越来越多了,需要的头巾纱量越来越大。很快,罗春荣又有了灵感,挖掘出新的商机。他说:"我何不干脆自己买布回来,自己加工头巾纱呢?这样不是赚得更多?"

恰好这一年,罗春荣结婚了,新媳妇带来了一台缝纫机做嫁妆。于是,他在带路的同时,又开始搞家庭加工,把自己加工的头巾纱直接供给义乌老板。

这年年底,小夫妻俩一算账:嚯!短短半年,竟然赚了1700多块钱!反复数着这笔巨款,罗春荣欣喜若狂,心扑通扑通地狂跳了好半天没缓和下来。他怎么也按捺不住兴奋,于是第一时间跑去附近的新塍镇上,花 100 多块钱买了一辆大桥牌自行车。这车簇新闪亮,他越看越喜欢!此前,不论是跑码头,代别人收货,还是卖布料,全靠两条腿,多重的货都是手提肩扛。虽说每天只是在乡里跑来跑去,但整天连轴转,一天下来也是累得不行——有了自行车,做生意就方便多了!

新车一拿到手,罗春荣便迫不及待地跨上坐垫,从新塍一路往家里赶。崭新的车轮滚在乡间的石子路上,颠得他短发茬都颤动有致,车胎弹到石块上,整辆车铮铮作响。他轻轻一拨车铃,阵阵"丁零零"的脆响就像百灵鸟唱歌一样欢快。路上过往的男女老少个个都投来羡慕的眼光，车都骑过去老远了还扭头来看。

罗春荣骑在车上，人一下子拔高了很多，视野也比平时开阔得多了，那感觉如同骑上了高头大马，格外得劲，连腊月里迎面吹来的寒风都不让他觉得冷了！

1983年，对罗春荣来说实在是个实现命运转折的关键年份。那一年，还发生了一件对他至关重要的事，那就是他第一次到义乌去见了世面，大开眼界！

当时，义乌人来得多了，要的货也多，大家相互熟悉信任之后，有人就提出先赊账拿货，到年底时再付货款。这样，罗春荣就有了去义乌的机会——大队派他去义乌收账。

"咱们田乐已经够穷了，没想到义乌比我们还穷！"罗春荣坐船到嘉兴，再从嘉兴坐5小时绿皮火车到义乌，刚一下车，他就惊讶于义乌的贫穷和偏僻。义乌县城很小，三面环着山，街道十分狭窄，到处都是低矮破旧的木屋。

不过，那时的义乌小县城尽管十分破落，却异常热闹。让罗春荣惊讶的是，这里有好几个十分热闹的小商品市场，这些市场里什么商品都有，什么买卖都做，做生意的人太多了，市场里人来人往，摊位连着摊位，吆喝叫卖、讨价还价声响成一片，热闹极了！

罗春荣去过其中几个市场。

廿三里市场在距离义乌县城 23 里地外的集镇上,说是市场,其实那时还只是一块露天空地,四邻八乡的商贩们每逢"一""四""七"的日子就自动聚集到这里,或是沿路用凳子、门板搭个简易摊位,或是提篮叫卖,其中糖担也有不少。这里主要是义乌"敲糖帮"货郎们上货的批发市场,货郎们在这里批发各种小商品,再出去走村串户换鸡毛。一串串小兽皮,扎成一小把的鸡毛、鹅毛、猪鬃……这些货品都整整齐齐地排列在一起,这场景在别处的集市上很难见到。连鸡内金、破铜烂铁、龟底鳖壳这些看起来是废品的东西,在这个市场上一亮相,也能成为抢手货,不到一会儿就卖光了。

罗春荣好奇地逛来逛去,一个摊位一个摊位地看过去,抽空跟摊主聊几句,不禁感觉大开眼界——商机呀,什么都能变成商机!

义乌县城里的稠城小商品市场要大得多。罗春荣去的时候,场内已经全部浇好了水泥地面,还有钢架玻璃瓦。一排排的水泥板摊位,粗粗一看,怎么也得有两三百个。针头线脑、手套袜子、鸡毛掸子、板刷拖把、肥皂草纸等日用百货应有尽有,其中有好几个摊位就是专门批量销售从王江泾收来的头巾纱的。

义乌商人从全国各地收货到这里批量销售,又从这里批量收货卖到全国各地。罗春荣发现,他卖给义乌人的头巾纱是每条 8 毛钱，商贩们从这里批发出去零售，却能卖到每条 2 块钱！他兴奋地盘算着，这得有多少利啊！

其实，让罗春荣兴奋万分的义乌小商品市场，也是经过无数艰难酝酿，才得以挣脱牢笼野蛮生长的。

义乌地处浙中盆地；"七山二水一分田"，是这里土地资源的真实写照。当地人多地少缺粮米，有资料统计，1980 年前后全县约 28 万劳动力，剩余劳动力达 15 万人，而且，义乌有独特的农家商贩群体——"敲糖帮"。这些商贩在农闲时节就肩挑糖担，手摇拨浪鼓，走村串乡，以糖、草纸等低廉物品，换取老百姓家中的鸡毛等废品。尽管利润微薄，但"鸡毛换糖"却养活了一代又一代义乌人。

但是，在"割资本主义尾巴""打击投机倒把"最严厉的那些年，挑着糖担的货郎们被赶得"嘭嘭"飞，搞不好糖担都被没收，人也要被关起来。在这种情况下，"鸡毛换糖"队伍的壮大举步维艰。直到 1979 年 3 月 24 日，时任中共义乌县委办公室秘书的杨守春在《浙江日报》发表《"鸡毛换糖"的拨浪鼓又响了》一文，正式为货郎们发出了第一份"为民请命书"。这篇文章充分肯定"鸡毛换糖"是社会主义经济的补充，其利多弊少，既推动了义乌红糖事业的发展，又换回了出口所需要的"红毛"，被当作肥料用的"废鸡毛"，让粮食增产，农业增效，搞活流通，于国于民都有利。"义乌小商品市场的第一声呐喊"犹如一声春雷,赢得舆论支持。终于,政策开始松动,到 1980 年,义乌的工商部门开始为"鸡毛换糖"颁发临时许可证,允许农民经商。于是,义乌人"倾巢而出"做生意,盛况空前!

当然,历史前进的每一步都是艰难的。尽管义乌人终于盼来了"挑担游走、鸡毛换糖"事业的许可证,但当时摆摊做生意仍属于"投机倒把"行为,摆摊的小商贩们还是受到了工商部门的围追堵截。直到 1982 年 5 月,一个胆大的小商贩冯爱倩在县委门口堵住了时任义乌县委书记谢高华,豁出去一般跟他据理力争,不给个说法坚决不走。谢高华听完申诉,当场表态,允许她经商摆摊,并告知有关部门不准对此围追堵截。不仅如此,谢高华还认真进行了长达四五个月的调查研究,终于,1982 年 9 月,义乌县委常委会做出决定:开放位于义乌湖清门的小商品市场,并提出"四个允许"——允许农民经商、允许从事长途贩运、允许开放城乡市场、允许多渠道竞争。

1983 年罗春荣到义乌时,看到的已经是义乌第二次"解绑"1 年多之后的景象。尽管那里依然没有摆脱贫困,但城乡各个角落却那么生机勃勃,充满希望!

"穷到头了,人就必须得去找条活路!"罗春荣记得,骆光明曾经这样跟他感叹。

骆光明说,他以前就是义乌"敲糖帮"中的一员。他们走乡串户时,为了多做生意,就开始在糖担里放上妇女们喜欢的针线脂粉、发簪木梳之类,再到后来,糖担里的小商品越来越多了……

当时,谁也没有料到,义乌货郎的手摇拨浪鼓在多年后摇出了一个全球最大、万商云集的国际性小商品市场;而罗春荣们手织的一条条头巾纱在多年后也将编出一个"中国织造名镇"。

义乌之行,给青年罗春荣带来极大震撼,仿佛给他打开了一个新世界的大门。受到商品经济洗礼的他,回来又把他的生意再次进行了升级,他开始"发加工"了——买来白坯布,提供给左邻右舍,请他们代加工,再按件付报酬。他把乡邻代加工的头巾纱都收拢来,再统一销售出去。就这样,他的生意越做越大。

而这,仅仅是他投身市场经济大潮的开端,日后,他将成为中国最早的"万元户"之一,成为中国第一批民营企业家之一。他的企业不仅跻身王江泾纺织"八大金刚"之列,还发展成为行业龙头企业……

第

6

章

奔流的地火

家家户户纺织忙，"咔嚓咔嚓"，欢快的织机声夜以继日，在乡村的各个角落响起，汇成一曲宏大、昂扬的发展交响曲……万户机杼声终于再次在这片土地上响起，"丝绸巨镇"的记忆被唤醒了！

1984 年似乎颇为特殊,好消息接踵传来,空气中都是令人振奋的气息。

早在前一年的秋天,田乐乡新农村汝金生、汝掌生两个人的"冒尖"行动,就在静谧的乡村投下了一颗"重磅炸弹"。

"看绸机了! 看绸机了!"他们单个月赚了 500 块钱的惊人喜讯,就像自己长了翅膀一般,短短几天内在乡间迅速传播开来。人们交头接耳,窃窃私语,兴奋异常。大家都说,不光是汝金生、汝掌生发财了,还有些人虽然没有买织机,但光靠裁剪加工头巾纱就赚了不少呢!

"你没看到吗,义乌人天天来收购,天还没亮就带着钞票来敲门? 这是往家里一袋一袋地送钱呀,谁不要谁保准是个傻子!"

…………

漫天的议论声中,有些胆子大、性子急的人已经行动起来了,有几户人家紧跟着也买回了织机。

正当大部分人还在观望中蠢蠢欲动时,另一个更重磅的消息让他们消除了疑虑:家庭联产承包责任制已经正式实施了，真的分田到户了！

以前，大家都要参加集体劳动，人人都被牢牢地拴在土地上，以后连田地都承包到各家各户，看来政策是真的变了！

更多人行动起来，或是单干，或是凑钱合伙，短时间内，越来越多的农民家里都响起"咔嚓咔嚓"的织机声。长期在贫穷中度日的人们，谁又能抵挡致富的诱惑呢？

乡村里"咔嚓咔嚓"的织绸声昼夜不息，响成一片，让农民的腰包开始鼓起来了，却也让一些干部心烦意乱。他们心中的那根弦不禁又习惯性地绷紧了："这到底是姓'资'还是姓'社'？让其生，还是让其死？"

当时，由于长期计划经济体制的影响，一些干部受到旧观念的束缚，仍习惯于单纯抓农业、抓粮食生产，对发展乡镇企业、个体和私营经济还有点缩手缩脚，生怕弄不好会"豁边"（过头）。

还有些村干部脑子转不过弯，更怕走歪了路，面对这些胆大妄为的小生意人如临大敌。一位姓汝的村支书还到村民家突击检查，一进村民家门，看到那户人家全家齐动手做头巾纱的场面，气得七窍生烟。他拉下脸来，大声喝道："汝老四，你这是干啥呢？"

汝老四抬头见到来人，赶忙小心赔笑："啊，支书来了……没干吗，我们自家做点头巾纱……"

"停了!"汝支书脸上仿佛结了一层冰。见汝老四愣怔在那里,又更严厉地喝道:"停了!"

"二哥……"汝老四嗫嚅着想套近乎。

"别叫我二哥!"汝支书毫不留情地打断他,"我问你,谁让你加工头巾纱的?!"

"二哥!"汝老四可怜巴巴地哀求着。

"还叫! 别叫我二哥!"汝支书再次大声打断他。

"你看,咱俩是亲叔伯兄弟,叫你二哥还不行了……"汝老四声音越来越低,脸上笑得比哭还难看。

"别说这些没用的! 我问你话呢,到底谁让你干这个的?"

"我……这不,看大队上头巾纱卖得好,挣了不少钱……我就琢磨着,想自己家也做点,拿出去卖,补贴补贴家用……你说家里头老太太在床上躺了几年了,3 个孩子要吃喝要上学,不都得花钱啊,我也没有别的挣钱门道啊……"汝老四急了,差点哭出声来,"如果这都不让做,你可让我们怎么活啊?"

"少说这些没用的吧!"汝支书脸色铁青,咬牙切齿,"大队做头巾纱那是允许的,个人做那是绝对不允许的! 你是想被抓进去蹲牢房啊! 撤了!"

"好好好……"汝老四真哭出声来,"你看这样好不好,我们把已经进来的料做完？这都还是借钱买的呢，不然真是白糟蹋了……"

"你撤不撤？撤不撤？我让你撤了！"汝支书顺手抄起一把铁锤，砸向那台织机……

有束手束脚的干部，也有敢闯敢干的干部。另一位村支书就梗起脖子，壮起胆子，放出一番掷地有声的豪言："农民家庭搞经营就是为了过好日子，只要能让村民们家家户户过上好日子，我宁肯不当这个村支书！宁肯去坐牢！"

这样的场面并不鲜见。毕竟，旧的思想观念还没有完全消除，僵化与改革的角力还会发生。不过，已经到了1984年的春天，发生在田乐的另一场角力直接演变成一场令人捧腹的轻喜剧。

一天上午，新农村村干部突然接到公社通知，说一位市里的领导要来新农村调查织机户的情况，让村里召集全村的织机户到村部开会。于是村干部赶紧一边通知织机户来开会，一边忙着准备鱼肉蔬菜——新农村这里地处偏僻，交通不便，市里领导难得来一回，一定要把领导招待好啊！

不料，那位市领导来了就脸色不好看，气势汹汹的样子。人还没坐定，就皱着眉头问："听说你们这儿农民家家户户都私自搞织机，资本主义已经遍地开花了！到底什么情况？！"领导还带了不少基干民兵，说今天一定要把"资本主义尾巴"

割掉!

不一会儿,村里的织机户都接到通知,陆陆续续赶来了,一听这话,大家炸开了锅,情绪激动地抗议起来。

"领导,我们日子都过不下去了,你总要给我们一条活路吧?"

"我这买织机的钱还是借的呢,你不让搞,我拿什么还债?"

"这日子刚刚好点,怎么就不让搞了?!"

人来得越来越多,片刻工夫就围拢来百来人,你一言我一语,围着领导哇啦哇啦地吵起来了。

眼看织机户越来越激动,会开不下去了,而且今天人太多,看来这"资本主义尾巴"也割不了了,领导同志恼羞成怒,气愤地对陪同前来的公社书记说:"你看看你们田乐成什么样子了! 已经走上了资本主义道路! 你们在 3 天之内,让所有织机全部停工,一律上交!"下达完这个指令,领导饭也没吃,坐上汽艇就走了!

"书记,真的要停工吗?"

"书记,织机可不能交啊!"

…………

市领导走了,大家心急如焚地围着公社的林书记,所有人都眼巴巴地看着他。

林书记低头沉思了半晌，才脸色凝重地缓缓开口："我看到一些文件，还有报纸上的文章，现在中央的政策已经开始鼓励私营经济了……我们不停工，织机也不交，有什么责任，我担着！"

这一个小插曲，有惊无险地过去了。事实上，在那个时代，这样激烈的观点交锋、路线争议，时时都在这个国家的各个层面、各个角落上演。就连作为改革开放前沿的广东，都曾引来铺天盖地的争议和谴责。

当时，广东不少家庭开始有了黑白电视机，并且在户外装上了带有信号放大器的鱼骨架形天线，将天线指向东南方向就可以收看香港的电视节目。就这个小小的"鱼骨天线"，引发了一场大风波。

"香港电视每分每秒都在放毒！"

"广东已经香港化了！"

"广东变'修'了，变烂了！"

"坚决反对广州的精神污染！"

"鱼骨天线"，恰如骨鲠在喉。思想观念的解放成为推进改革开放的当务之急。

这个大解放的契机，在1984年元旦刚过就出现了。

1月，改革开放总设计师邓小平突然决定到南方看看。在这次后来被称为"邓小平南行"的南下之旅中，他马不停蹄走遍特区,题词肯定了深圳、珠海、厦门等特区改革开放的做法:"把经济特区办得更快些、更好些。"(邓小平为厦门经济特区题词的内容)5 月,中共中央、国务院决定进一步开放 14 个沿海港口城市。邓小平南方之行,以新闻的方式传播全国,此前很多关于改革开放沸沸扬扬的非议指责,终于得以平息。

是年 3 月,国家层面"一锤定音",给人们送上了一颗"定心丸"。3 月 1 日,中共中央、国务院正式发出通知,不仅提出对乡镇企业要和对国营企业一样,一视同仁,给予必要的扶持,还明确指出:"对部分社员联营的合作企业、分散生产联合供销的家庭工业和个体企业,也应热情支持,积极引导和管理,使其健康发展。"(《中共中央、国务院转发农牧渔业部和部党组〈关于开创社队企业新局面的报告〉的通知》)

通知一出,不仅让社队企业从此有了新的名字——"乡镇企业",还赋予了家庭工业、个体企业这个身份。①

"开闸放水!"嗅到改革气息的嘉兴,很快应时而动。

为了让领导干部打破旧观念,从而打开发展乡镇企业的局面,当年 5 月,嘉兴市委、市政府组织县(市、区)领导和市级

---

　　① 该通知将"乡镇企业"定义为"社(乡)队(村)举办的企业、部分社员联营的合作企业、其他形式的合作工业和个体企业。"

机关有关部门负责人 50 多人赴苏南考察学习，先后参观了常熟、沙洲(今张家港)、江阴、常州、无锡等 5 个市(县)、7 个乡、2 个村共 16 个乡镇企业，学习它们发展企业的经验。"农业一碗饭，副业一桌菜，工业富起来!"苏南广大农村发展乡镇企业带动农村面貌巨变的蓬勃景象，令大家为之一振，从而坚定了加快发展乡镇企业的决心。

两个月后，嘉兴历史上有名的第一次"海宁会议"隆重召开，包括全市乡镇党委书记在内的 300 多人参会，重点研究如何发展乡镇企业。这次会议的思想观念之解放、改革力度之大、推出举措之务实，令后人啧啧称叹。

"放开手脚，锐意改革，力争乡镇企业收入 3 年翻一番!"这是时任嘉兴市委书记庄洪泽在会上提出的目标。

会上还提出了 6 条主要措施：继续清"左"，解放思想，清除怕富、怕冒尖的"左"的思想和"不富担心，小富放心，大富疑心"；松绑放权，放宽政策；"一包三改"，增强活力；千方百计，搞活经营；起用能人，广开才路；全党动手，加强领导。

值得注意的是，会上还特别提出，要让乡(镇)、村、联户、家庭"四个轮子"一起转，国家、集体、个人一起上，大中小、高中低齐发展……

"给农民指了路，替干部壮了胆!"人们对这次会议如此评价。

　　还有一件不容忽视的大事——海盐衬衫总厂厂长步鑫生作为一个改革典型,在全国范围点燃的改革热情日益高涨。先是《人民日报》在头版刊发长篇通讯《一个有独创精神的厂长——步鑫生》,"步鑫生热"平地而起。仅新华社一家在 1 个多月里就发布了关于步鑫生的 27 篇报道,共计约 3.4 万字,各路参观团、考察团拥进小小的海盐县城,中央各机关,各省(区、市)纷纷邀请步鑫生去做报告。他被全国政协选为"特邀委员",他用过的裁布剪刀被收入中国历史博物馆,他的名字在全国变得家喻户晓。而在嘉兴,这位身边的改革偶像,尤其令人热血沸腾。身边的榜样当学、可学!

　　这一切因素叠加、交织成格外热烈的改革氛围。不再是傲霜凌寒,不再是乍暖还寒,那些刚探出头的嫩芽,只要挺过了惊蛰前的冰雪肃杀,就是天之骄子,就会占领整个春天!王江泾的田乐、南汇、荷花等地,家庭工业的创富效应加速发酵,四邻乡亲纷纷效仿,农民家庭丝织业发展得红红火火!

　　当家庭丝织业刚刚冒头时,乡党委、政府关于"收"还是"放",也曾争论得十分激烈。起初,乡里出了一条规定:共产党员、机关干部家庭一律不准有家庭织机。当时汝兴荣是田乐新农村的村干部,眼看着邻居汝金生最早买进织机,眼看着村里家家户户也都很快办起织机,他心存顾虑,一直观望着没有行动。

后来，镇村干部通过各种形式办家庭织机的越来越多，他终于行动起来了！

不过，看到织机越来越多，脑子活络的他没有买进织机，而是跟村里的杨金根一起，合伙买了台牵经车，专门把从化纤厂买来的原料丝加工成轴头。这是织机织布的前道工序——原料丝只有被加工成一个一个轴头后，才能被装到织机上织布。

"原料丝买来什么价，我卖出去还是什么价，只不过，一个轴头收 20 块钱加工费。"汝兴荣说。每台经车每天可以加工 6 个轴头，每天能赚 120 块钱的加工费，比织机赚得还多。

眼看管也管不住了，没多久，乡里放宽了政策，允许党员干部的家属搞家庭织机。再之后，这一条也像聋子的耳朵成了摆设，再也没人提了。以织机为主的家庭工业已发展得如火如荼，遍地开花了！

"我们生在'鱼米之乡、丝绸之府'，只抓'米'，不抓'绸'，是富不起来的；单务农，不经商，是活不起来的。若要富，坚持农工副；若要活，经商跑码头！"到了 1984 年，中央出台"一号文件"鼓励家庭工业，市里也鼓励"四个轮子一起转"，汝兴荣再去乡里开会时，乡领导的态度已经完全转变了。

织机多了，商机就多。围绕织机的前后道生产环节，也都很快发展起来。

　　盛高明开始时也从社办、队办企业拿白坯布,加工成头巾纱卖给上门的义乌人。后来他看做纱巾的人多了,印染的需求越来越大,就想办法到桐乡去跟一位老师傅学了印染手艺,回来在村里最先开了家庭印染作坊,成了远近闻名的"染色大王"。加工一条白纱巾能收 4 分钱加工费,染色印花过后加工费能翻倍。1984 年,"染色大王"盛高明就赚了 1 万多元,有时一天收入就有几百元,成为远近闻名的"致富状元"、名副其实的"万元户"。

　　致富的强烈渴望犹如奔腾的地火,一旦喷涌而出,便迅速燎原,能量惊人!

　　从 1983 年秋天汝金生、汝掌生买进第一台织机,四邻八乡发展起家庭纺织工业的势头太惊人了:仅仅半年时间,田乐乡的新农、市泾、永聚等村,已拥有家庭织机 1100 多台,与织机配套的牵经车、印花机、定型机、加弹机等各种机器也相应增加,已形成原料采购、纺织、加工、运输、销售"一条龙"的生产流通线,日产锦纶纱 11 万多米,源源不断供应给全国市场。

　　据统计,除了 1000 多户织机户以外,染色、印花、定型、加弹、缝边等专业户也有 70 多户,仅市泾一个村里,专门推销产品的专业户就有 146 户。田乐已经成为远近闻名的纺织之乡。人人都说,走进田乐乡,处处织机响!

　　跟田乐一样，荷花、南汇等地家庭织机也都如雨后春笋般冒出来。家家户户纺织忙，"咔嚓咔嚓"，欢快的织机声夜以继日，在乡村的各个角落响起，汇成一曲宏大、昂扬的发展交响曲⋯⋯

　　万户机杼声终于再次在这片土地上响起，"丝绸巨镇"的记忆被唤醒了！

　　"那几年，村里发生了翻天覆地的变化！"从 1981 年到 1986 年，吉老虎在市泾村当党支部书记，亲身经历分田到户和家庭纺织业的迅速发展，对那几年的变化记忆犹新。

　　家家户户的荷包都鼓起来后，人们首先想做的就是盖新房。此前，村里清一色的破旧矮小的土坯房，很多都是祖上几辈传下来的，几十年来，村里几乎没人盖过新房。现在大家有钱了，纷纷盖起新房子。

　　几年前，"染色大王"盛高明家的房子摇摇欲坠，一下雨就到处漏水。他想盖个新房，可跑了整个村都没借到 1000 元钱，当时连生产队集体账上一共也就 600 元钱，只能借给他 50 元。1984 年，盛高明一年收入就超万元，当年，他就花了约 1.4 万元盖起了一幢两层楼房。很快，村里就掀起了盖新房的热潮，2 层的，3 层的，还有 4 层的，村容村貌焕然一新，大家伙的腰杆也直了，嗓门也亮堂了，爽朗的笑声也多起来了。

　　全田乐乡 1500 多户纺织和经商专业户，每户年收入少则

2000 多元，多则上万元。而仅仅在几年前，最好的人家一年也只有几百块收入。市泾村 400 多户人家，原来穷得叮当响，发展家庭纺织业后，短短半年内还清了超 3.9 万元欠款，购买电视机 19 台、自行车 250 辆、收录机 20 多台，每户在银行里还有存款。第九村民小组的孟银根家，过去是"生活靠救济，生产靠贷款"的困难户，年年工分倒挂，从事头巾纱经销加工后，一年就翻了身，除了还清全部借款外，还存款 6000 多元。

翻天覆地的变化还体现在方方面面，以前饭都吃不饱的田乐人，现在，"抽香烟抽'西湖'，吃酱鸭吃'文虎'，买香醋买'南湖'"，因此人称"三只虎"。

过去嘉兴人都知道，田乐是最穷的地方，现在，田乐人彻底扬眉吐气翻身了。当时流传着一个小故事，说是一个田乐农民去嘉兴百货公司钟表柜台看手表，售货员看他一副土里土气的农民打扮，不乐意把表拿给他看："别看了，你哪买得起表？"田乐农民也不恼，不动声色地当即掏出 100 块钱，往柜台上一拍，豪气地说："我买了！"这个故事被很多人津津乐道。之后嘉兴城里人都知道了，"田乐来的都是万元户"！

过去，农民最羡慕城里拿工资的人；现在，城里拿工资的反倒放下"铁饭碗"，回家当起了"绸机佬"。在嘉兴钢铁厂上班的汝顺林、在气缸厂工作的林海观，1985 年都相继辞去过去令乡邻艳羡不已的"铁饭碗"工作，回村搞家庭纺织业了。

毕竟，那时在厂里上班每个月工资只有几十块钱，而每台织机每个月已经实打实能产生四五百元的收入。

顾太文那时刚到南汇镇政府工作。他平时老骑着自行车下乡走村串户，令他印象最深的是，无论走到哪里，家家户户都有不绝于耳的织机声。"咔嚓！咔嚓！"走进一户人家，男主人正埋头在几台织机间忙碌，两手沾满了黑黑的机油，脸上也沾了机油，东一块西一块，样子颇为滑稽。他抬头看顾太文走进家门，连忙热情地过去招呼，抽出一支"西湖"烟双手递过去，顾太文接过来，香烟上也印上了黑黑的手指印，两个人互相看了看，忍不住都笑起来。

"忙着赚钱，也好抽空歇歇咯！"顾太文打趣地说。

"啊呀啊呀，不能歇不能歇！"男人笑着连忙摆手，"顾镇长，你听听！咔嚓！咔嚓！七百！八百！这织机转起来，每分每秒都是钞票啊！"

尽管没日没夜地织布确实辛苦，但那时人们都不觉得苦，他们都沉浸在这来之不易的致富机会里，过着每天都在变好的日子，恨不得每分每秒都转动织机创造财富。

除了让家家户户的日子快速变好，千家万户的织机声还撑起了各地基础设施、公共事业的快速发展。家庭纺织业大规模发展起来后，田乐、南汇、荷花等乡开始对家庭织机征收税费，很多建设资金都来自家庭织机的贡献，公路建设费、水利设施建设费、教育附加费、粮食附加费、兵役费等很多税费都摊到每台织机上。那时乡镇干部的一个重要工作就是下乡收费,骑车到村里摆张桌子,家家户户按照织机数缴费。1988 年前后,每台织机每年被摊到的税费金额是 300 多元钱。织机户一开始不理解,给乡镇干部取了个不雅绰号"收费干部"。有人说:"我们自己买原料,自己买织机,辛辛苦苦自己生产,自己卖出去,没有依靠国家,为什么要缴费?"不过,后来看到乡镇大力修公路、建电站、做排涝工程,大家也就慢慢理解了。

"那个时代,家庭织机对社会的贡献很大!"顾太文感慨地说,"就是这千家万户的机杼声支撑着一个地方的快速发展。"

不过,按家庭织机收费的政策到 2006 年国家全面取消农业税后就取消了,政府想得更多的是如何为农民减税减负。

在家庭工业如火如荼的发展大潮中,买进第一台织机的汝金生、汝掌生,后来并没有继续成为领先者。毕竟,当时他们已年近六旬,未来更大的辉煌有待更年轻的后辈去创造。王江泾的纺织产业就是这样,一代又一代人前赴后继,薪火相传。但是,汝金生、汝掌生作为"万台织机带头人",他们的名字已被历史铭记……

小村里的大市场

市场隔日兴市，十分繁荣。不光是义乌人，还有天津、北京、河北、黑龙江等 20 多个省（区、市）的客商，都慕名赶来购买"田乐货"。市集上，乡音嘈嘈，南腔北调，叫卖吆喝，讨价还价，十分红火。

随着四邻八乡的家庭纺织业蓬勃发展,来田乐乡拿货的外乡人也越来越多。就在田乐乡南端,紧靠大运河的市泾村,逐渐自发形成一个头巾纱交易市场。说是市场,其实最初只是有人在村部旁边一块露天的空地上摆上几排水泥板当作摊位,就成了一个集中交易的地摊市场。

市场隔日兴市,十分繁荣。不光是义乌人,还有北京、河北、山东、黑龙江等 20 多个省(区、市)的客商,都慕名赶来购买"田乐货"。市集上,乡音嘈嘈,南腔北调,叫卖吆喝,讨价还价,十分红火。1984 年,每市成交额就能达到十几万元。

围绕这个交易市场,各种新型的专业户又应运而生。家住市场东首的金阿六,见到客商来往交通不便,马上联合另外两户,买来两条机船,到车船码头接送客商,成了运输专业户。

市场北端有个大坝村,农民有跑"三关六码头"的本领。他们发现客商从天南海北赶到本乡市场来购买头巾纱,颇受启发,于是"你上门、我出去",全村有 146 户农民成了出去推销产品的专业户,他们开始"跑单帮",常年奔波于全国各地。

荷花乡孙家浜还兴起了专门的织机市场。各种型号的新旧织机，各种纺配店、织机修理店，应有尽有。织机户要买台织机或替换个配件都十分方便。

为了有力支持农民发展家庭纺织业，嘉兴郊区和田乐乡有关部门也积极想办法。市场兴起不久，政府就在这里牵头建起市场交易服务公司，设有小吃部、住宿部、行李寄存部等，为外来客商解决吃、住、行等方面的困难。郊区工商局从实际出发，给织机户发经营执照，并进村培训发证人员，大家一起做好申报、登记、发证工作。区农业银行、信用社还积极帮织机经营户开户、结算，提供信贷服务，又在家庭纺织业最密集的村设立信用服务站，做好储蓄和发放贷款工作，帮助困难户发展家庭纺织业。

四邻八乡家家户户都有织机，逐渐地，生产资料的短缺现象越来越严重，原料采购成为最大的难题，尤其是化纤长丝难买。要知道，那时织机户们都已经普遍采用锦纶丝原料，而生产这些锦纶丝的大厂都要按计划凭指标、票证供应，根本不可能将原料直接卖给个体户。

1985 年前后，纺织原料极其紧张，连一些集体工厂都"断餐"了，更何况王江泾的家庭织机户。当时，织机户们通过各种可能的途径，找各种关系，去上海、杭州等地的化纤厂、毛纺厂找原料。"大家挖空心思，天天想着去哪儿能搞点丝。"

市泾村的吉老虎说。

去大厂里搞原料,成捆成筒的成品丝是织机户们不敢想的,也是他们不可能买到的,他们瞄准的是这些大厂里被嫌弃不用的废丝。废丝往往有很多地方断了、脏了,或是互相缠绕在一起成了一团乱麻。但就是这些大厂不要的下脚料,在王江泾织机户们眼里都是难得的宝贝。他们拿来直接在丝筒中间竖着划一刀,再把一圈圈的断丝理好,接起来,绕成轴头,即使丝缠得像块抹布一样他们也能耐着性子一根根理出来。最初的织机户们,都是这样从收购废丝起步的。但哪怕是废丝,也相当紧俏,没有门路根本搞不到。

原料越是紧俏难买,就越说明这是个有利可图的好商机。脑子活络的人开始把眼光盯在找原料上,大家蛇有蛇路,蟹有蟹路,发动亲戚、朋友、同学、战友、客商等七弯八拐的关系,只要有点哪怕看起来很不靠谱的线索,都铆足了劲拼命去找,把找原料的触角伸向了全国各地。

1986 年,高中毕业回来织了 1 年布的陈宏伟,看到原料如此紧俏,也动了心思,想出去闯一闯。他时不时听到乡里谁谁从上海、山东潍坊、江苏江阴等不同的地方贩回了丝,转手一卖就赚几千块钱。但无一例外的是,这些人口风都严得很,谁也不肯把好不容易找到的门路告诉别人,哪怕亲戚朋友问也不肯说具体地址,大家只知道个大致方向。陈宏伟刚开始做生意，只好自己瞎摸索。他心想大家都往北方去，他就算去了也不一定挤得进去，要不去南方看看吧。

19岁的陈宏伟就这样第一次出了远门，他这次往祖国西南方向走，到的是广西柳州。一开始倒还算顺利，一路打听找到了一家化纤厂。

初生牛犊不怕虎，他去厂里直接找到供销科科长。满脸堆笑地问好之后，他试探着开口："听说你们厂里有废丝，我想买……"

科长斜眼看了看这个还十分腼腆青涩的小伙子，突然问了句："你想要废丝……回扣怎么算？"

陈宏伟一下子呆住了，脱口道："什么叫回扣？"

"小子，屁都不懂你就敢出来瞎闯啊？"科长不耐烦地挥手，"没有没有！快走快走！"

陈宏伟的第一次闯荡就这样空手而归。直到回来跟亲戚朋友聊起，他才弄懂了"回扣"的意思。那时市场经济才刚刚起来没多久，像"回扣"这样的商业"潜规则"已出现，不过这不是台面上的事，陈宏伟没听说过一点也不奇怪。

第一次失败了，陈宏伟没有气馁，不久后他又往祖国东南方向去了，这次到了福建厦门。在厦门集美住了半个月，陈宏伟一开始很兴奋，因为打听下来很多人都说能买到货，有的人还把胸脯拍得震天响："有货！肯定有货！你找到我算你交大运了!"可他很快发现,这些人大部分都是"黄牛",手里其实没货,一宗货的信息传了几百个人,最终货的源头找来找去找不到。有时甚至都带了钱去提货,赶到地方一看,货早就被别人提走了,根本抢不到。

紧俏物资难买,"黄牛"满天飞,从根本上来说,还是因为物资短缺长期存在和计划力有未逮两个因素的彼此作用。

"双轨制"下,国营大厂生产出来的物资有限,主要凭指标、票证供应给国营、集体企业。而任何一种物资必须保有一定的社会周转量,如果出现供应紧张的情况,就会滋生黑市买卖和囤积投机的现象。当时蓬勃兴起的个体、私营经济的市场主体嗷嗷待哺。正是在这种情况下,"黄牛"应运而生。

回到陈宏伟的故事,他在厦门待了十几天仍一无所获,然而他并不死心,又坐大巴去广东汕头碰碰运气。没想到运气真就这么来了! 这次他找到汕头一家纺织厂的供销科科长。这位瘦瘦的科长不仅没提回扣的事,而且蛮和气的。见到陈宏伟一个清秀小伙到厂里,女工们也嘻嘻哈哈地闹腾起来。陈宏伟发现,王江泾当时用的织机大部分是 K611 轻型纺织机,织的是 20D 的布;而这家工厂都是大机器,织的是150D 到 300D 的厚实牛仔布。供销科科长带他到仓库里一看,很多废丝一筒一筒地堆在角落里,估计堆放好久了,上面落满厚厚一层灰，都看不出本来的白色。

"喏，这些我们现在用不上了，你要都拿去！"

"好好好，我全要了！您算算总价！"陈宏伟大喜过望，一口应承。

"小伙子有魄力！你几岁了？"科长问。

"您过奖了，我 19 岁了。"陈宏伟回答。

"哎哟，不得了，19 岁就一个人出门做生意，前途无量！"

陈宏伟赶紧给家里的父亲发电报，让他带钱来提货。父亲和一位邻居一起，找亲戚朋友凑了七八千元现金，前往汕头。这批丝大约有 1.8 吨，说是废丝，其实只有少量破损，算是成色很好的丝了。

就这样，他们找了辆大卡车，押着车一起回到了王江泾。不料到了王江泾却出了意外。那时到荷花乡还不通公路，他们只能约了挂桨船到一个码头接货。就在下货的当口被工商所的人看到了，货全部被扣下拉走了。这下陈宏伟急得团团转。怎么办？这七八千元本钱可是找亲戚朋友借的，有的还是承诺 1 毛利息的短期借贷，要是货拿不回来，那真是血本无归了！那几天他都通宵失眠，长吁短叹，后悔接货没安排好，把腿都拍肿了。后来请村支书去工商所说情，他们几天几夜好说歹说，工商所终于答应放货，但是要按投机倒把交 2000 块钱罚款。那能怎么办，只好认罚！好在这批丝还是赚了四五千元,千辛万苦总算没白费。

陈宏伟的经历充分说明了当时织机户原料采购之难。当时还有人去长沙买丝,结果被黑恶势力盯上了,不仅身上的钱都被抢了,还被绑了,关了好几天。这件事情发生后,不少人再出去买丝都会随身带上很多刀片,以防万一。

相对而言,荷花乡北荷村的王金生算是比较幸运的一个。他 1985 年通过自身努力考上湖州师范专科学校,一跃"跳农门",那时考上大学是一件极为风光的大事。家境贫寒的他大学生活还是极为清苦的,每个月生活费只有 5 块,有几个月只有 3 块,都是哥哥姐姐们织布赚来轮流供给他的。

1987 年,王金生暑假回家发现了一个赚钱的商机。他从哥哥那儿听到,当时家家户户用织机织布,做头巾纱,但染色过程中有一种以碳酸氢钠为主要成分的助染剂很难买到。他暗暗记在心里,开学后,他就跑遍湖州大街小巷,一家店一家店地去问,竟真找到了这种助染剂。他找同学借了钱,按每包 2 分钱买来,装在一个蛇皮袋里,坐七八个小时轮船赶回王江泾,到田乐去卖到每包 2 毛 2 分。就这样,他第一趟贩运就赚了 300 多元,能顶上他 5 年的生活费了! 第二趟赚 200 多元,第三趟赚了 60 多元……就凭这包小小的助染剂,王金生的生活大为改善,他再也不用为生活费发愁了!

后来,田乐乡工业公司供销科专门为织机户代购锦纶丝等原料，使全乡的纺织专业户不再为"无米之炊"发愁。农机、纺织、服装等方面的 4 个乡镇企业，也主动开办机修和配件门市部，向织机户供应零配件，提供织机维修服务。

当时，全乡还集资修建了一条宽 1 米、长 12.4 千米的水泥路，通往各村，这条路被人们称为"水乡幸福路"。

法国经济学家保尔·芒图说过："贸易和生产的相互依赖，商业的扩张往往先于并决定工业的进步。"(《十八世纪产业革命》)事实上，市泾村交易市场的兴起，的确进一步促进了家庭纺织业的繁荣发展。它像一个巨大的磁场，把此前四散在各村偷偷做生意的汝金生、汝掌生、卜金良、罗春荣、盛高明、汝兴荣们，都吸引到这里做生意，聚拢起来把生意越做越大。而反过来，活跃的市场交易又进一步促进了家庭织机的倍数增长。据统计，到 1987 年，在这个市场的周围，整个王江泾一带农家拥有织机已经超过 1 万台，每年向市场提供各种丝织品约 6000 万米。1979 年王江泾工业总产值为 106.16 万元，而到 1989 年，这个数字已过亿，达到了惊人的 12815.06 万元，短短 10 年整整增加了约 120 倍！

尽管王江泾当年已经开始修路，但总体而言，这里依然交通不便。全国各地的客商一般要先坐火车到嘉兴，从嘉兴到王江泾进出只有水路，而且每天只有一来一往两班轮船。客商们来田乐后，一般都是第一天采购货品，晚上打包，第二天一早再乘坐 6 点的轮船前往嘉兴。

然而令人惊奇的是,那时期在浙江出现了不少这样的商品交易集散地,这些市场偏偏都不在交通要道周边和城镇中心,而往往都在交通十分不便捷的山谷或水湾乡村,前往交易耗时费力,颇费周折。譬如,义乌市场就是"小山沟里的大市场",在小商品市场周围活跃着上万名商贩和两千多个家庭作坊。温州乐清的桥头纽扣市场,也兴起在一个距离杭温国道约 3.5 千米的山窝窝里。同样,在王江泾也兴起了这样一个"小村里的大市场"。为什么会出现这一现象呢?当时看来,实在是令人费解。

后来有研究者用"边区效应"来解读这一现象:"唯一合理的解释只能是,在那些地方,'左'的思潮相对薄弱,计划经济的束缚相对较小,否则,这些市场很可能在兴旺之前就遭取缔。中国改革的经验证明,对旧体制的最初突破,往往发生在旧体制最疏于防范的地方。"(吴晓波《激荡三十年》)从现实情况看,这个观点切中要害。发展商品经济在当时举步维艰,先行者要有非同一般的敏锐度,还总要付出千百倍的努力和巨大的代价。

然而,考验并未结束。尽管地处偏远,市泾这个"小村里的大市场"还是在不久之后遭遇了严重的"倒春寒"。由于税收政策的突然收紧等因素,它在短短几年之后就消失了。

盛泽的旅馆

旅馆里所有房间的门都敞开着，方便客商随时进来谈生意。在房间的门上，他们还会贴上字条："大量供应头巾纱，每条 1 元……"义乌客商中也有在旅馆里长期包一个房间做生意的。一间间简陋的房间，就相当于最早的门市部了。

市泾交易市场没落之后，经营户们人心惶惶，转而去了相邻的盛泽镇交易。那时，尽管与王江泾仅一河之隔，但盛泽地处苏州吴江，正兴起日后闻名全国的"苏南模式"，大力发展乡镇企业，家庭纺织业并未像王江泾一样大规模发展起来，因此还没有针对个体户的查税风暴，发展环境相对宽松。有人粗粗统计了一下，当时从王江泾跑到盛泽交易的有近400人。

当时在华联村村办丝织厂做仓库保管员的吴爱明，就经常跟厂里的销售员一起，用船把头巾纱运到盛泽去卖。

吴爱明第一次去盛泽时就发现，那边其实还没有专门的市场，交易都约定俗成地在两家旅馆内进行。这两家旅馆，一家叫"盛泽旅馆"，另一家叫"盛泽工交旅馆"，每家旅馆都有四五十个房间。王江泾的几百经营户和天南地北的客商，把之前在市泾的交易市场直接转移到了这里，旅馆内很快也变得异常热闹。

吴爱明他们每次去盛泽旅馆，都在底层包一个房间，除了住以外，其他空床铺就用来放货。旅馆里所有房间的门都敞开着，方便客商随时进来谈生意。在房间的门上，他们还会贴上字条："大量供应头巾纱，每条1元……"义乌客商中也有在旅馆里长期包一个房间做生意的。一间间简陋拥挤的房间，就相当于最早的门市部了。

很快，全国各地的绸商纷纷闻风而来，盛泽的旅馆不久就人满为患，小小的街巷里车水马龙，挤挤挨挨。随着丝绸纺织品的交易量越来越大，原来的"旅馆集市"已远远无法满足需求。

看到了市场旺盛的需求，1985年，敏锐的盛泽人趁机而动，在姚家坝的空地上搭了个简易的大棚，让绸商们到那里交易，但是，粗放简陋的马路市场还是不能适应市场交易量的迅猛增长……

这种状况出现没多久，就引起了一个人的注意。这个人就是当时的苏州吴江县县长于广洲。"东方丝绸市场在盛泽的兴起要感谢于广洲，是他看准了盛泽丝绸纺织业的发展方向，以超前的眼光推动县、镇两级建立一家面向全国的丝绸纺织品专业市场。"现已年逾七旬的盛泽丝绸文化研究专家沈莹宝说。

在县、镇两级的大力推动下，1986年10月，盛泽的东方丝绸市场正式开业。当时市场还只有简陋的平房，但建筑面积约有8000平方米，铺位有300多个，已经是一个很像样的专业交易市场了,很快生意就十分红火了。

东方丝绸市场的红火,使王江泾人感受到了很大压力。其实,当经营户和客商们开始往盛泽转移,市泾市场开始没落的时候,王江泾人就有了危机意识,已开始积极筹建专业的丝绸纺织品交易市场:1985 年,王江泾把苏嘉铁路太平桥边上的王江泾砖瓦厂的旧砖窑拆平,开始建设市场;就在1986 年 10 月东方丝绸市场开业几个月后,南方丝绸市场也竣工开业了。

受乡镇建设环境、资金来源等因素的制约,南方丝绸市场规模较小,安营扎寨时只有约 2400 平方米的建筑面积,仅44 个经营部。而与之相隔只有 6000 米的江苏盛泽东方丝绸市场,无论建筑规模还是投资规模都超过南方丝绸市场好几倍,大有遥遥领先之势。

不过,尽管两市对峙,竞争激烈,但以王江泾蓬勃发展的纺织业为坚实依托,南方丝绸市场甫一开业,仍然一铺难求,乡办、村办的丝织厂都来了,一些个体户也戴着乡镇企业的"红帽子"来了……南方丝绸市场也迅速红火起来。

南方丝绸市场建立起来后,不少王江泾的经营户返乡经营,带动全国很多客商也到了南方丝绸市场,市场一度非常繁荣。但受税收政策优惠力度有限等因素影响,南方丝绸市场的繁荣程度比不上东方丝绸市场。

　　在一河之隔的盛泽，由于东方丝绸市场和乡镇企业这两个强力引擎，丝织业规模在那几年开始爆发式增长，到1990年，盛泽镇、村两级乡镇工业总产值达10.42亿元，为历年来最高值，位居当年全国5万多个乡镇之首。

　　一个南方丝绸市场，一个东方丝绸市场，地理上仅一河之隔，历史上同样拥有丝绸巨镇的辉煌，尽管在改革开放之初丝织业都开始蓬勃发展，但是，因为经营模式、政策导向的差异，其发展开始出现落差。王江泾人忧心如焚：难道，真的是"南方"不亮"东方"亮吗？

　　古语说："金乡邻，银亲眷。"盛泽与王江泾算是最近的乡邻，历来关系十分密切。两镇之间的血脉亲情，可见于嘉兴人陶葆廉所记："（盛泽）与吾泾镇犹若唇齿相依，错居两镇间，试于有司者，或家泾而贯吴江，或家盛而贯秀水……"（清代《光绪盛湖志》）因两地毗连，明、清以来盛泽诸多士子寄籍于秀水王江泾并考中进士、举人。

　　盛泽和王江泾风尚习俗也相通相近。例如：两镇都有蚕花殿，盛泽每年于小满日在蚕花殿内开演小满戏，王江泾亦然。两镇都有丝业公所、绸业公所等行业组织。清光绪十年（1884），盛泽绸商联合王江泾绸商在上海合建跨省同乡同行组织——盛泾公所，在其会员名录中王江泾籍者约占1/4。每年农历三月初，王江泾的网船会引得盛泽居民扶老携幼，竞相步行或雇船前来观会。盛泽的元宵灯会和七月半会,也会邀请王江泾亲朋来观会或参与。

特别是因为丝织业发展,两镇更是共生共荣、休戚相关。太湖流域是传统的蚕桑丝织区域,号称"湖丝遍天下"。明、清时期,在太湖东南的扇形地带,许多丝绸业市镇星罗棋布,在江浙地区成就了一个全国丝织业中心。其中,紧紧相邻的王江泾与盛泽同为丝绸巨镇,在行政区划上虽分属两省,在经济活动上互通有无、融为一体,合而成为一个兴盛的绸市,辐射四邻八乡。历史上这一带"近镇村坊,都种桑养蚕、织绸为业。四方商贾,俱至此收货。所以镇上做买做卖的挨挤不开,十分热闹"(明代天然痴叟《石点头》卷四),乃是最早的跨省经济联合体。

在长期活跃的丝织生产贸易中,王江泾和盛泽既相互促进、共生共荣,又互有竞争、此消彼长。清初乾嘉时期(1736—1820),王江泾镇已发展为"烟户万家"的巨镇,居民"多织缯为业,日出千匹,衣被数州郡"(清代唐佩金《闻川缀旧诗》)。嘉庆、道光年间(1796—1850),丝绸业鼎盛,王江泾由"日出千匹"一跃而为"日出万绸"。其时,盛泽的丝绸业无论在规模还是在产量、质量方面,都比不上江南四大古镇之一的王江泾。由于王江泾成为全国丝绸贸易中心之一,丝绸大量外销,所以农家丝绸副业和市镇丝绸业鼎盛。当时,王江泾丝绸销售网络遍及全国，数里之内，遍设丝肆，兴盛时，市河泊满来贩丝绸的船只。

然而在清代咸丰年间（1851—1861），这一状况却因战火发生逆转。咸丰十年（1860），太平军从苏州向嘉兴大举进发，经盛泽时，除黄家溪、新杭两地遭袭扰外，盛泽镇的房屋、织坊等所幸未被焚毁。而王江泾的当地民团、清军则和太平军进行了激烈的交战。太平军攻克王江泾，"烧两日两夜，火光冲天"。全镇"俱遭兵燹，尽存焦土"。（清代《光绪吴江县续志》）。这使得王江泾的丝绸业遭受重创，绸商、机户为避战乱，纷纷迁居盛泽，盛泽因此而迅速崛起，乃至后来居上。

此前，在王江泾有个丝绸商汪雍斋，他家在镇上所开的绸行在江浙一带较有名气。汪氏祖籍安徽，清嘉庆时（1796—1820）以"负贩丝绸"为生，往来于王江泾与盛泽之间，后在王江泾创设绸行。咸丰十年（1860）庚申之变，由于王江泾毁于战火，汪氏遂将绸行迁至盛泽，改名汪永亨绸行，并迅速发展成为当地丝绸业龙头老大。王江泾镇上最大的周姓丝行也迁往了盛泽。当时，王江泾的士商富户大批迁往盛泽避乱，带动江浙地区的商贾云集于盛泽。

太平天国运动失败后，一部分机户又迁回王江泾，使王江泾丝织业逐渐恢复元气。至清代同治末光绪初，王江泾镇又兴起丝绸业贸易市场，"洋商及镇江等处客帮来泾购买"

(清代唐佩金《闻川志稿》)者络绎不绝。但终因庚申之变破坏过甚,无力维持贸易中心的地位。

清末,王江泾镇上的丝绸贸易逐渐移往邻近的盛泽。民国时期盛泽最大的丝绸产业资本家王鸣泉,其祖上也是从王江泾迁往盛泽而发迹的。民国初年,王江泾镇"仅存一里街有市集,余均荒落"(《嘉兴新志》上编)。王江泾四乡农家"所产绸缎,多由盛泽转销"(《中国经济志·浙江省嘉兴平湖》)。

据史料载,清末民初,王江泾的丝绸贸易中心地位虽然不保,但四乡农家的丝织业仍得以维持:四乡有织机户千余户,绝大多数是拥有一台织机的个体织机户。这些织机户从事家庭手工业生产,每机时开时停,平均每台每月产出十三四匹,总计产量 14 万余匹。与昔时"日出万绸"相比,产量大幅度下跌。这些织机户所生产的丝绸,不再运往王江泾,而是多数运往盛泽。当时,王江泾各村都有专业的运输船前往江苏盛泽绸行,三天一小送,五天一大送,农户将织出的绸缎卖给绸行,再换购回丝织所用的原料白厂丝。

盛泽的绸行将王江泾丝绸全部冠以"盛纺"之名,作为本地的丝织业品牌。清宣统二年(1910),清政府在南京举办了一次规模盛大的南洋劝业会,这是中国历史上首次以官方名义主办的国际性博览会,江苏方推荐的"盛纺"获得一等奖。1911 年,其又在意大利都灵万国制造工艺博览会上获得一等奖。1915 年，"盛纺"又获得首届巴拿马太平洋国际博览会金奖。观其历史，"盛纺"中其实有相当一大部分是王江泾丝织品。1915 年，中国赴巴拿马太平洋国际博览会监督处第一期报告在提及我国的薄绸产品时，有这样一句话："秀水（王江泾）、盛泽等处所产者，实为丝织品中最佳之衣料也。"

历史上的此消彼长，已渐渐湮没于时间的烟云中。在沉寂多年之后，在 20 世纪 80 年代，丝织业又几乎同时在王江泾、盛泽兴起，南方丝绸市场与东方丝绸市场隔河相对，开启了新的竞争。此时，面对"'南方'不亮'东方'亮"的窘境，王江泾人将如何奋起作为，才能重现昔日丝绸巨镇的荣光？

第

9

章

"跑单帮" 的日子

乌鲁木齐之行一波三折，让人心惊肉跳，算算这一趟在外奔波了1个月零3天！回到家时，他已经像个流浪汉，胡子拉碴，全身皱巴巴、脏兮兮的，老婆看了后一下子就掉下了眼泪。不过一算账，发现这一趟赚了500多块钱。罗春荣想，再辛苦也值了！

　　当市泾交易市场骤然没落、南方丝绸市场尚未兴盛之时,王江泾的头巾纱市场曾出现一个短暂的"真空"时期。外地客商们不来了,于是,胆子大的人就开始主动闯出去,为上万台家庭织机生产的头巾纱开拓销路。他们开始了全国"跑单帮"的日子。

　　罗春荣就是其中之一。做头巾纱生意让他迅速致富,1985 年他还去参加了在郊区党校举办的首届"万元户表彰大会"。当天,四邻八乡先富起来的"冒尖"农民聚到一起,第一次被隆重地请到台上受表彰,那时他们的表情还颇为局促,人人胸前戴朵大红花,就像"小二黑结婚"。

　　可是短短两年间,随着市泾市场的兴衰,罗春荣的人生也经历了第一次大起大落。

　　家门口的市场没有了,就走出去找市场。这次,罗春荣们的脚步不再局限于苏、浙、沪,而是遍及全国各地。当时,头巾纱的市场主要在北方,人们买来包在头上抵御风沙。罗春荣出去"跑单帮",一跑就是几年,哪里风沙大往哪里去,北边的省份全都跑遍了,一直跑到中国与俄罗斯、朝鲜、蒙古的边界。

在 20 世纪 80 年代的中国，交通基础设施建设刚刚起步，各方面条件都还很差，"跑单帮"出门在外，免不了吃尽各种苦头。

有一次，罗春荣听人说乌鲁木齐有市场，就背着几千条头巾纱出发了。先从田乐坐船到嘉兴，再乘火车经上海站转到乌鲁木齐，一路上要花 80 多个小时。绿皮火车车厢像个密不透风的沙丁鱼罐头，到处都挤满了人，连座位底下也睡满了人。罗春荣没有座位，好不容易瞅着一排座位底下的一个空当，就躺了进去。下面的空间只有三四十厘米高，罗春荣人高马大，钻进去几乎动弹不得，时间长了全身都僵了，但即便如此，这点空间也是好不容易抢到的"宝地"……那时候的人们似乎特别能吃苦，就这样一路苦挨，几天几夜之后终于到达乌鲁木齐。

刚在乌鲁木齐站下车，他背着两个大包挤挤撞撞，好不容易在人群中挤出站，就被两个"大盖帽"挡住了去路。

"同志，你好！你这包里装的是什么？我们要检查一下。"

罗春荣忙满脸堆笑，把包放下，抽出几条头巾纱："同志，你看，都是头巾纱……"

"大盖帽"弯腰看了下，问："哪儿来的？"

"浙江,我从浙江来的,这些纱巾都是我们自己生产的,拿到这里来卖。"

"请出示外销证!"

此前,罗春荣从不知道出来卖纱巾还要先去税务部门开"外销证",他拿不出,于是,一下车就被罚了 80 块钱。当时他身上一共也就带了这么些钱,这一罚,连糊口用的基本生活费都没有了。

身无分文,还好头巾纱还在。于是,罗春荣只好在乌鲁木齐的闹市街头摆起地摊,操着带浓重浙江口音的蹩脚普通话大声叫卖。不管怎么说,先要想办法弄到吃饭的钱!

这次货带得太多,在乌鲁木齐卖得又不顺利,罗春荣只好坐上回程的火车,一路上边撒边卖。吐鲁番、鄯善、哈密、柳园、嘉峪关、张掖、金昌、武威……为了卖出这几千条头巾纱,罗春荣到站就下,哪里有风沙就往哪里跑。

有一次在沙漠里,好不容易搭上人家的便车,结果车子半路坏了,几个人下来费了九牛二虎之力推车,把车抬出流沙后,罗春荣累得直接瘫倒在地上。

在武威卖头巾纱时,有一天住进旅馆,和另外两个人睡一个房间。其中一个男人五大三粗,说话也是粗声大气,偏偏这北方男人又特别能侃,一晚上讲故事讲得唾沫横飞。

"那次对方来了七八个,拿刀的拿刀,拿板砖的拿板砖,一起吼着扑上来!嘿,咱老大老厉害了,上前就撂倒了他们领头的,我也不是吃素的,抄起家伙就上啊……"说到兴起,那大汉一把撩起衣服,指着肚子上的两道刀疤说:"你瞅瞅你瞅瞅,这就是那次爷挂的彩……"

罗春荣听得心惊肉跳,脸上却还强作镇定。那时已经是1985年,改革开放几年后了,市场经济逐渐兴起,社会上开始出现一些混混,坑蒙拐骗、打架斗殴的事情也开始多了。罗春荣到处奔波"跑单帮",他故意把胡子留长,就是为了让自己看起来有凶相一些。好在他生得高大壮实,看看挺不好惹的。不过碰上真的混混,他还是暗自心惊,出门在外,少惹为妙。趁人家出去的空当,罗春荣赶紧把身上带的钱包好,藏到了天花板上的隔层里。不过,这一夜罗春荣还是不放心,几乎都没合眼,又不敢老是翻来覆去,绷着心弦总算熬到天亮。

一站站卖过去,罗春荣直到兰州才把所有纱巾卖完,这下能安心坐火车回家了。乌鲁木齐之行一波三折,让人心惊胆战,算算这一趟在外奔波了1个月零3天!回到家时,他已经像个流浪汉,胡子拉碴,全身皱巴巴、脏兮兮的,老婆看了后一下子就掉下了眼泪。不过一算账,发现这一趟赚了500多块钱。罗春荣想,再辛苦也值了!

他在外"跑"几年"单帮",打架的经历也有好几次。有一次在河南平顶山,头巾纱一时卖不掉,开销也没有了,罗春荣就把头巾纱拿在手里兜售。突然几个混混上来就抢,罗春荣护住大包,拼死不撒手,于是就打起架来。过了一会儿,又来一帮人,罗春荣一看,这么多人肯定打不过呀,好汉不吃眼前亏,还是走为上策! 他也顾不上包了,转身就跑。眼看就要被那群混混包抄,他跑进一家饭店,看到有两个身穿军装的人在店里吃饭,罗春荣赶紧跑过去,坐到他们的后面。军装、制服还是很有威慑力的,那帮小混混在门口看见,不敢进来了,就在门外守着。

他们不走,罗春荣也不敢出去。一位年轻的服务员看这情形,走到罗春荣跟前,背对门口,对罗春荣低声说了句:"你跟我从后门出去!"姑娘还悄悄指了指饭店后面。罗春荣立马会意,就跟着那名服务员从饭店锅炉房的后门跑了。

天津、北京、包头、呼和浩特、乌鲁木齐,一直到与蒙古交界的地方;嫩江、沈阳、哈尔滨,一直到与朝鲜相近的延吉、图们……那几年,罗春荣和"跑单帮"的同乡们的足迹遍及大江南北。他们中的每个人都吃了无数苦,遭了不少罪,虽然再苦再累也不怕,可有时也会碰上让他们欲哭无泪的情况。

有一次,罗春荣和弟弟一起去兰州卖头巾纱,他就离开摊位了一会儿,头巾纱就被偷走好多。在西安,抢包的混混们团伙作案,抢到包后迅速倒手,在拥挤喧闹的人群里一个传一个，一帮人都穿着同样的黄大衣，朝着不同方向跑，罗春荣他们在原地根本无计可施，追都没法追，只能干跺脚。罗春荣同村的张浩生，有一次去哈尔滨卖头巾纱，当场点货款的时候，没发现钱有问题，结果等拿回来一看，装钱的包里只有上面是钱，下面都是纸，也不知道是不是被人暗地里调了包。在外辛苦奔波个把月的汉子，回到家忍不住号啕大哭。

那几年在外"跑单帮"，有时也会遇到卖童装的湖州织里人，卖小百货的义乌人，还有不少广东人和福建人。有时遇到浙江同乡，他们也会结伴同行一段，交换信息"灵市面"。

四处奔波，长途贩运，低买高卖，罗春荣们的商海历练正是从"跑单帮"起步的。这种利用商品的不同地区差价做买卖的方式虽然很传统，但对锻炼做生意的基本功十分有用。与此同时，"先找市场，再建工厂"这种创业思路后来也被很多人成功实践并反复证明有效。后来崛起的一批批民营企业家，很多都是从跑销售起步的，先逐渐打通市场渠道，积累商业人脉，再开工厂，办公司，一步一步稳扎稳打做出大产业，做成大老板。

宗庆后、张近东、王均金，这些如今的大老板当年也都是做小生意起步的，甚至也干过"跑单帮"的活。王江泾后来崛起的民营企业家们，也走过同样的道路，正应了那句"英雄莫问出处"，在商海中尤其如此。

　　"跑"了几年"单帮",罗春荣在一次次主动走出去中逐渐组织自己的市场渠道网络,拥有了一批稳定客户。几年后,他就已经不再四处奔波,而是以在家发加工为主。他给附近散户提供原料,外发加工,按件付酬;散户加工好后,他再销售给全国各地的客商。1990 年前后,罗春荣发加工量最多的时候,附近为他加工的家庭织机达 300 多台。也就在 1990年,他从卖头巾纱第一次转向做里子布,这个是新产品,销路好,利润又高,他当年就净赚 90 多万元。

　　罗春荣与各地客商保持密切联系。他脑子活络,消息灵通,而且他经常去苏州盛泽、绍兴柯桥和广州等地的大市场打听信息,每次都能抢先捕捉到市场最新动向、流行趋势,然后他以销带产,根据市场需要及时生产新产品,生意一直很红火。1993 年,市面上刚开始流行乔其纱、雪纺等面料,罗春荣就已经在第一时间转向,以至于他的产品一时间供不应求。各地客户拿着 10 万元、几十万元的现金来排队订货,一时间家里钱太多了,罗春荣家的保险箱都放不下,那时去银行存款的意识也不强,他就把 500 万元现金直接放在自家的洗衣机里……

　　就在罗春荣靠发加工赚得盆满钵满,连洗衣机都装满钱时,田乐乡永聚村的卜洪观也在全国"跑单帮"过程中,跑出了自己的发家致富路。

改革开放以前，卜洪观家是村里最穷的人家之一。永聚村第十生产队一共有 30 多户人家，其中十几户是"倒挂户"，而卜洪观家有双亲，再加 4 个儿子，只有他们夫妻俩劳动挣工分，以致连续 13 年都是"倒挂户"。1983 年分田到户，生产队 150 多人共分到 181 亩地，人均耕地只有 1 亩多点，卜家生活还是艰难。直到 1984 年，卜洪观也开始投身家庭纺织业，全家人才真正吃饱了饭，穿暖了衣，两年后也盖起了新房。

"吃千般苦，受万般罪，也要让全家人过上好日子！"熬了几十年，终于在改革开放大潮中看到新生活的希望，卜洪观拿定主意，只要有机会，就要想办法创业致富。

1988 年，看到周围一些人"跑单帮"挣到了钱，卜洪观也决定出去闯一闯。之前在市泾交易市场时，他看到有不少来自河北石家庄的客商，于是决定先去石家庄看看。

到了石家庄，他去到市区最热闹的南大街。那时街上摆了很多地摊，发现一个卖布的摊位后，他找了个离摊位不远不近的角落，点起一根烟，静静地观察着摊位的买卖情况。摊主生意不错，不时有人前来买布。二十几分钟之后，摊主发现了不远处有双眼睛一直笑眯眯地盯着他看。

"这位兄弟，你在这儿看了这么久，你是要买布呢，还是有布要卖呢？"摊主忍不住发话了。

卜洪观赶紧满脸堆笑地上前，递上一根烟："老板，我有布,我就是做这个的,如果你要我可以帮你送过来。"

看摊主一脸疑惑,卜洪观主动推销起来:"我刚看了下你这里卖的布,主要是涤平纺,我那儿全有,质量还更好,价格也便宜!"

"哦,你的布每米多少钱?"摊主问。

"我刚看你卖布卖 4 块 8 毛钱每米,我给你批发价,4 块 3 毛每米,你这赚头不小啊!"

摊主一听,来了兴趣,说:"你的布在哪里?"

卜洪观说:"在浙江嘉兴。"

"那你先拿 3000 米布来试试吧,先说好,质量不好我可不收啊。"

就这样,卜洪观在石家庄逐渐打开销路。当时,涤平纺白坯布在王江泾的价格是每米 2 块 6 毛钱,卜洪观算了一下,如果算上印染、缩水再加运费,到石家庄的成本大约是每米 3 块 5 毛钱,利润很可观。

接下来的日子里,卜洪观就在嘉兴和石家庄之间往返奔波。去的时候倒还好,一次几千上万米布,都是托运,人是一身轻松,可返回时就苦不堪言了。那时没有转账,收回的货款全部放在身上,一路担惊受怕自不必说。有一次,卜洪观去石家庄卖了 1 万米布,收回货款现金 4.3 万元。那时人民币的最大面值只有 10 元,100 张一沓整整 43 沓钱,卜洪观一个人挤火车怎么安全带回来呢？

还好他之前跑过几次有经验，早在家就做足了准备。临出门时，妻子特地仿照部队军服子弹袋的样式，用布给卜洪观缝制了一件贴身穿的马甲。胸口以下裤腰以上，密密缝了好几排口袋，专门用来装钱，在每个口袋上方还缝了带纽扣的口袋盖，可以严严实实扣起来。这次回程，卜洪观就把43沓钱分别装在这些小口袋里，扣好扣子，直接贴身穿在身上。卜洪观身板本来就瘦，外面再罩一件有点破旧的宽大中山装，粗粗一看倒也看不出什么异样。

就这样，卜洪观只身一人带着巨款挤上了火车。火车里依然人挤人，他只得格外小心。那时正是夏天，就算闷热得衣服都被汗湿透了，他也把外套穿得严严实实，一刻不敢解开。从石家庄到苏州的火车得走一天一夜，他就一天一夜不敢合眼打瞌睡，钻到火车座椅底下躺着，由于前胸后背都是一沓沓的钱，硌得慌，导致他完全无法休息。到了苏州，再转车到家时，卜洪观早已被捂得一身汗臭，隔老远都能闻到馊味……

然而，正是被无数汗水浸透的艰辛旅程，和闯荡天下磨炼出的巨大勇气，一步步铺就了王江泾人的财富之路。

卜洪观在石家庄打开销路后，他的客户越积越多，到1989年春节过后，他就自己到石家庄南大街上摆起了摊位。

仅仅过了几个月,南大街上又热闹了很多,摊位数量多了好几倍,沿街两边密密匝匝全是用钢丝床摆成的一个个摊位。政府也开始介入管理市场,每张钢丝床每个月的摊位费是500元。来石家庄的浙江生意人也越来越多,来卜洪观这儿大量买布的倒大部分都是浙江老乡,温州人、湖州人、义乌人、浦江人……他们买了布做成服装,又在当地的服装市场出售,共同成就了当地的市场繁荣。

"走遍千山万水、想尽千方百计、说尽千言万语、吃尽千辛万苦",浙江人自古就既具有精明但宽厚的性格,又具有"吃得苦中苦,方为人上人"的拼搏精神。"穷则思变,穷走天下",改革开放的春风吹绿了浙江大地,一度处于蛰伏、休眠状态的浙江人爆发了,续写了"百万浙商走天下"的商业奇观,也由此抢得民营经济发展的先机。浙江人的这种"四千精神",在王江泾人身上有着十分生动的体现。

从1989年开始摆地摊,到1997年时,卜洪观一家已经在全国4个市场开出了门市部:河北白沟箱包市场、福建泉州箱包批发市场、广州狮岭箱包市场和苏州盛泽的东方丝绸市场。他们的生意已经聚焦于箱包纺织面料。

10多年的纺织生意使卜洪观积累了可观的财富,但仅仅在20年前,卜洪观家还是食不果腹的赤贫"倒挂户"。到1999年,他已经有实力回王江泾投资上千万元办工厂了,并且一下子拿出 500 万元自有资金，买了 8 亩地，购置 60 台喷水织机。现在，卜洪观早已退休，安享晚年，而他的儿子们则先后开办 3 家企业……卜家人生活翻天覆地的改变，可以说是改革开放多年巨变的一个生动注脚。在当时如同交响乐般轰鸣的万户机杼声中，类似的致富故事在王江泾许多家庭上演。

第 10 章

镇上出了个"陈百万"

这天是个"倒春寒"的天气，又加上天降大雨，寒意逼人，东方丝绸市场里人格外少，几乎没什么客商，很多门市部索性门都不开了。这天陈佰根却正好在，他开着门市部，正一遍遍理货对账，机会就这么找上门来了。

在迅速崛起的纺织名镇王江泾,令人啧啧称奇的致富故事数不胜数,而"陈百万"的故事无疑是其中最令人津津乐道的"传奇"之一。有好些年,连嘉兴城里都在绘声绘色地口耳相传:听说王江泾那边出了个"陈百万",钞票多到用麻袋装,房子盖了 5 层高,工厂开了好几家,但谁也不知道他到底有多少钞票。不少好事的人专程赶到王江泾想看个稀奇,去看看"陈百万"究竟是怎么样一个人,看看"陈百万"家的生活到底有多阔。

1980 年前后,中国人才刚刚从赤贫中走出来,有少数人先富了起来,那时"万元户"就是致富的"尖子"。那年月,每斤米 1 毛钱,每斤肉 9 毛 5 分钱,走亲戚送礼 2 块钱,机关工作人员月工资也才 20 块钱。1 万块钱啊,那是多大一笔钱!一辈子也用不完这么多的钱啊! 人们私下里常忍不住咂巴着嘴艳羡赞叹。可以想象,当几年后王江泾出了个"陈百万",他带给人们的心灵震撼得有多强烈!

"陈百万"本名陈佰根,王江泾北荷村人,他其实也是地地道道的穷苦出身。他生于 1946 年,父亲是从绍兴逃荒过来的农民,到了王江泾找块空地开荒,就算是安下了家。就算在那个普遍贫穷的年代,他家也是村里最穷的人家。15 岁以前,陈佰根和家人一直住在破草棚里。他还记得和父亲一起搭草棚:先在 4 个角落各插根竹竿,然后用泥巴和水做墙,用力踩实,墙垒到大概 1 米的高度,上面再斜着架几根竹竿,铺上茅草,草棚就搭好了,这就算是家了。睡觉时,把茅草、竹垫往地上一放,人再睡上去。后来有了竹席,于是将两张凳子一拼,再放上竹席,就是张"像样点"的床了。

　　住这样的草棚,夏天怕台风,风一大茅草棚就会被掀翻;冬天怕火烛,干草碰到点火星子就烧个精光;雨天草棚进水,时间一长茅草烂掉,睡觉的草席也浸在水里,让人苦不堪言。茅草风吹日晒容易老化,一间草棚的寿命只有两三年,到了实在不能用的时候,就得重新搭一个。就这样,从一个旧草棚搬到一个新草棚,搬过几次之后,陈佰根也就长大了。

　　穷苦的滋味还不是只来自住破草棚,在陈佰根记忆中,小时候就没穿过鞋,他和两个弟弟、两个妹妹一天到晚赤着脚在田塍烂泥里跑来跑去。两个弟弟没能扛过贫穷的折磨:一个在 7 岁时出痧子发高烧,因没钱治病,死了;另一个长到 23 岁,因白血病也死了。但陈佰根就像路边的野草,任凭怎么踩踏,怎么折腾,老天越不把他当回事,他反倒活得越硬气。

弟弟出痧子发高烧的那个夏天,正是农忙插秧的时节,陈佰根参加生产队的集体劳动,挽起裤脚,和大家站在水田里一字排开,弯下腰来插秧,一干就是半天。碰上晴天,烈日炙烤,酷热难耐,胳臂要晒脱一层皮。碰上雨天,戴上斗笠披上蓑衣插秧,雨水混着汗水流下来,眼睛都睁不开。半天下来,背酸腿胀,腰疼欲断。18 岁的陈佰根深深体会到了"面朝黄土背朝天"的艰辛苦楚。

最让人讨厌的还是水田里的蚂蟥,有一次天还没亮,陈佰根就下田插秧了,腿脚深陷在泥里,只觉得老是发痒。等到天色亮了,他到水田边把腿脚冲洗干净,只见两条腿上密密麻麻挂满软绵绵、黑乎乎的蚂蟥,这些虫子都在聚精会神地吸血,一条条已经吸得肿胀发亮。有些地方鲜血直流,在腿肚上留下一道道鲜红的痕迹。这一刹那,陈佰根只觉得头皮发麻,仿佛千万只蚂蚁爬上身,他慌得拼命跺脚,还用手去扯那些蚂蟥。

"不要硬扯!"父亲赶过来制止了他,紧接着在他腿肚子上一下下拍打,帮他拍下一条一条"吸血鬼"。

"这块秧田里蚂蟥怎么这么多?"父亲皱着眉头喃喃自语。

还有些藏在脚丫嫩肉里的蚂蟥,连拍都拍不下,陈佰根横下心捏住半截用力一拽,蚂蟥反而一个劲地往肉里钻,脚上钻心地疼……

"为什么就这么苦？这哪是做人啊？"汗水、雨水、泥水、血水混在一起肆意横流，陈佰根心里发起恨来，"天天种田，一辈子没出路！"

他咬紧牙关暗暗发誓，一定要想办法改变命运！没过多久，他下定决心学做木工，因为他心想，有了一技之长，总比在田里刨食强。可父亲根本拿不出钱来给他拜师傅，他就横下一条心来自己摸索，把自己睡的木板床全拆开，一点一滴依样画葫芦。一开始，他工钱收得极低，只要人家肯给他个机会，他就通宵达旦地琢磨，直到把人家要的家具漂漂亮亮地做出来。功夫不负有心人，就这样几年摸索钻研下来，陈佰根竟无师自通，渐渐成了远近最有名的木匠，要请他去做家具的人排起了长队，他手头也逐渐宽裕起来。

1982年，当头巾纱生意在王江泾开始兴起时，心思活络的陈佰根也从中找到了商机。这年秋天，他到王江泾汽车站售票员老俞家做家具。几天过去了，他发现有个不寻常的情况：天天都有很多外乡人背着大包小包来王江泾。他们是在做什么买卖呢？向老俞一打听才知道，这些人多是义乌人，他们到田乐收购头巾纱拿到义乌去卖，每条能赚1毛钱。

"这么好赚，这生意我也能做啊！"陈佰根不由得心动。这趟木匠活儿干完，他也到田乐挨家挨户收了1000条头巾

纱,又经老俞介绍了义乌的客户,一趟跑下来就赚了 100
块钱。

陈佰根从义乌回来的第一件事,就是专门去找老俞,拿
出 20 块钱作为酬谢。

"这点小事体,我哪好意思收你钞票?"老俞一开始不好
意思,连连摆手说不能要。禁不住陈佰根一再坚持,老俞也
就高兴地收下了,再三说:"你这人够意思,下次有生意一
起做。"

20 块钱,那时相当于很多人 1 个月的工资了。陈佰根的
想法很简单,这趟生意是经老俞介绍门路才赚钱的,那就该
当谢他,有钱大家一起赚嘛。别小看这 20 块钱,数年后"陈百
万"的大生意,都是从这 20 块钱的生意经起步的。

王江泾历史上一直都是商贸重镇,千百年来代代相传,
王江泾人性格里就有着商业基因。就像陈佰根这样,没上过
几年学,但抱定一个朴素的观点,做生意最重要的是和气生
财,有钱大家一起赚。舍得让利,不怕吃亏,合作互惠,生意
才能做得长久,才能越做越大。对人对事都要客客气气,见
人三分笑,生意跑不掉。在此后多年的商业生涯中,陈佰根
还逐渐展现出他身上越来越多的优点,比如勤奋耐劳、敢闯
敢干、讲诚信、善于经营人脉等。

就以这个 20 块钱为起点,陈佰根和老俞成了亲密的生意

搭档。他们接连收购头巾纱贩到义乌去。这年国庆节，两人各背了1万条头巾纱去义乌。在嘉兴火车站嘈杂的候车厅里，两人守着各自的大包，正有一搭没一搭地闲扯，有两女一男一起凑过来搭话，明显是外地口音："两位大哥是做生意的吧？这是带的什么货呢？"

陈佰根是个天生的生意人，他好交朋友，待人和气，喜欢广结善缘、广开财路。说来这也是王江泾人共同的性格，那些纯粹种地谋生的农民往往更老实本分、内向木讷一些，王江泾人却往往表现得热情活络，善于交朋友，也善于推销自己。大运河南来北往，集散四方商贾和天下财富，王江泾人相信，每个人都是潜在的客户，处处都藏着商机。

出门在外的陈佰根，对这样前来搭讪的陌生人并不抗拒。一番交谈之后，3个陌生人表示，他们来自浙江仙居，想来找一种叫"华达呢"的布料。

"你们能找到货吗？做这个可比这头巾纱赚得多呀！"其中那个男人说，"你们帮忙找到货源，我们把差价给你们，以后还能做长期生意。"

陈佰根和老俞听了不禁心动，于是跟男人约定，把这批头巾纱送到义乌后，回来住杭州的机关招待所，到时候在那儿碰面。

几天后，几个人如期在杭州的机关招待所里见面了。这几个仙居人跟陈佰根他们回到嘉兴,陈佰根还真在一家工厂里找到了华达呢布料。仙居人要求工厂先发货、后付款,厂长却坚持款到发货,几个外乡人拿不出钱来。为了做成这笔生意,陈佰根拿出了 3000 多块钱的积蓄,加上老俞的 1000 多块钱,一起买了 2000 多米华达呢布料,托运到杭州火车站,打算从这里再运到仙居。

不料,这批货托运到杭州火车站后,车站却非要他们凭外销证才能提货。陈佰根和老俞两个人点头哈腰赔着笑脸磨了半天,工作人员还是公事公办地板着脸:"有外销证吗?没有外销证提不了货!"

"你在这里守着布,我回王江泾去打外销证!"眼看没法,陈佰根只得再折腾回王江泾。两天后,他好不容易从王江泾打出了外销证,再回到杭州,老俞一见面就气愤地大骂那几个仙居人:"骗子! 这几个人就是大骗子!"

陈佰根大惊,连忙问怎么回事。原来,就在陈佰根回王江泾的当天中午,老俞去趟厕所走开一会儿,好巧不巧,回来就看见那几个骗子正在搬运那批华达呢! 也不知他们使什么手段提出了货,正准备趁老俞走开把货偷偷运走! 老俞赶紧上前大喝一声,扭住几个人不放,还大声喊来了围观群众,几个人见势不好,只好脚底抹油开溜了。

"这几个人想空手套白狼啊!"陈佰根闻言也惊出一身冷

汗。在这批布上他和老俞可砸下了两个人辛苦多年得来的全部身家，他们差一点就赔得血本无归！

那几年，随着市场经济逐步放开，一方面是放开搞活，一方面坑蒙拐骗的事也渐渐多起来。陈佰根辛苦几年刚刚尝到做生意的甜头，这次就差点吃了大亏，真的好险！

货是保住了，但两个人坐下来又开始犯愁，两家人的几千块钱都变成了这批布料，得想办法卖出去啊，总不能就这样砸手里吧？那时信息不通畅，两个人也没有别的门路，只好把布运到义乌的老客户那里试试。

这批华达呢运到义乌，过了大半个月还没卖出去。陈佰根和老俞心里急呀，可也没办法，这次遭遇骗子，不仅让陈佰根把几年积蓄全压了进去，也给他做生意的火热劲头浇了一盆冷水。他只得回来重新做起木工，焦急地等着义乌那边的消息。

无巧不成书。几天后，陈佰根陪一个来收购头巾纱的义乌人去江苏黎里，就在平望汽车站，他看到有个人背着一大包布，正是华达呢！

陈佰根心里一动，他上前去问那人："你这个布还要不要，我家里有货。"

令他狂喜的是，那江苏吴江人说要货！于是，就这样一次主动出击，陈佰根为这批积压的布找到了出路。第二天，吴江人如约来到陈佰根家看样品，确认之后，他爽气地说："你的 2000 多米布我全要了，这样，你从义乌直接运到山东泰安王家庄的客户那里。"

"送这么远，你要给我点订金的！"吃一堑长一智，陈佰根这次学会了做生意要预防风险。

江苏人很爽快，当场就数了 100 张 2 元面额的现金给他作为订金。

"您这么爽气，您放心，这批货我肯定按时送到！"

当晚，江苏人在陈佰根家住了一晚，陈佰根把家里的大床让给客人，自己和老婆、3 个孩子在小床上挤着凑合了一晚，客户至上嘛！

没过几天，陈佰根就把 2000 多米布全部托运到了山东泰安。他还记得是 120 次绿皮火车，火车到站时才凌晨 4 点半，北方的早晨还是乌漆墨黑，一下车就感到刺骨的冷。这是陈佰根第一次到北方，天色渐亮，印象中到处都是光秃秃的枣树。客户在那里开了一个小服装厂，有 7 台缝纫机和 1 台撬边机，专用这种华达呢料子做裤子。老板的亲戚们一次拿 50 条、100 条的出去卖，销路很不错。

陈佰根按 3600 元成本把这批布全转给了泰安客户，只收了 100 块钱当作路费。客户看他实诚可靠，便又向他订货。就这样，陈佰根无意中倒打开了山东泰安的销路。后来他又给客户送过几次布,拿货每米 2.9 元,卖给客户 3.15 元,每次 2000 米华达呢也能赚 500 元钱。

再后来往山东送布的时候,陈佰根也试着带上 100 条头巾纱,没想到在山东泰安火车站一摆出来,每条进价 8 毛钱的头巾纱,到这儿卖到了 2 元钱,不到 1 小时就卖完了!

第四次去泰安送华达呢,陈佰根带上了 1000 条头巾纱,刚在火车站摆出不一会儿,就有人来拍他肩膀:"你这些头巾纱全卖给我好不好?"

一番交谈下来,陈佰根见对方诚心的样子,就带他到旅馆:"看你也是爽快人,这样,我每条卖 2 块钱,你一次全拿了,我给你 1 块 5 毛钱的价!"

对方老板不仅爽气地当场成交,还约定让陈佰根再送货过去。

在泰安的销路就这么慢慢打开了。1984 年正月,大年初一,陈佰根夫妻俩没顾上在家过个春节,把 3 个孩子丢在家里,就带着 2000 条头巾纱登上了去山东泰安的火车。平常的火车车厢就像个沙丁鱼罐头,人挤人,落脚的地方都找不到,夫妻俩还是第一次看到这大年初一的火车,除了他俩一个旅客都没有,车厢里空空荡荡,却也把人冻得浑身哆嗦、牙齿打战。

"跑单帮"很多时候也是要讲运气的,就这样,他们一路挨饿受冻地到了泰安,但这次头巾纱卖得很不顺利,在泰安卖了个把星期都还没卖出去多少。想起家里的 3 个孩子,实在不放心,陈佰根让妻子先回家,自己又再卖了 10 天才卖完。此后,他越跑越远,辽宁的沈阳、黑龙江的齐齐哈尔、内蒙古的大兴安岭和小兴安岭……

到 1984 年 6 月回来,夫妻俩盘算着已经攒下近 2 万元,也是名副其实的"万元户"了。他们拿出 1.3 万元左右盖了一幢 3 楼 4 底的楼房。夫妻俩从小穷苦,都是住破草棚长大的,现在他们终于凭借勤奋智慧和吃苦耐劳,带着孩子们住进了村里最好的楼房。

而陈佰根要从这时的"万元户"转变为几年后的"陈百万",其实还需要抓住两次重大机遇。

第一次机遇是来自陈佰根在"跑单帮"中见多了世面得来的灵感。"头巾纱一条条地卖太慢了,我能不能去百货公司订商业合同呢?"心动就立即行动,他跑到泰安的百货公司柜台一家家打听。很快他摸清了,头巾纱的确有销路,可以订商业合同,但百货公司不跟个体户订合同,一定要跟工厂订,要有工厂的公章和账号。就这样,1986 年,陈佰根去江苏社办企业买回原料,家里又有 4 台纺织机,就回家开办了他的第一家工厂。

1986 年 10 月,陈佰根带着工厂公章和头巾纱样品再去山东，30 多家百货公司一家家谈下来，每家谈了 300 元钱的供销合同，一下子就是 1 万多元的销量。回来邮包发货，11 月再去收款时，各家百货公司的头巾纱都销售一空，于是他又带回了更多的供销合同。这下，他不再是一个人"跑单帮"了，而是打开了山东百货公司的销售渠道网。很快，脑子活络的他在山东泰安设了一个驻点，先把头巾纱发到泰安，哪家百货公司要头巾纱，就从驻点及时发货补货。不到 3 年，陈佰根就赚到了 8 万多元。

手里有了本钱，人也长了胆识，很快第二个机遇就青睐这个有准备的人。1988 年，在一次从山东泰安回王江泾的火车上，陈佰根无意中从邻座的报纸上看到一则新闻，写的是江苏吴江的盛泽扩建东方丝绸市场，有不少商铺对外出售。常年在外跑市场的陈佰根商业嗅觉敏锐，他立即意识到这是个大好机会。

这次回王江泾后，他马不停蹄就去了盛泽，当时的东方丝绸市场还是简陋的平房，人气也不是很旺，但陈佰根听到南腔北调在这里此起彼伏，当场就花 7000 块钱买了两间门面。

"肯定做得起来！"他很有信心。这年 5 月 1 日，两个门市部都开业了，他请来盛泽工商所一位退休人员经营门市部，开出了 160 元的月工资。

东方丝绸市场发展很快，人气一天比一天旺，陈佰根的两个门市部天天门庭若市,到 1988 年底,他的 8 万元已经翻番变成 16 万元了!

1989 年 3 月的一天,正值江南的早春,这天是个"倒春寒"的天气,又加上天降大雨,寒意逼人,东方丝绸市场里人格外少,几乎没什么客商,很多门市部索性门都不开了。这天陈佰根却正好在,他开着门市部,正一遍遍理货对账,机会就这么找上门来了。

临近中午时,一位操着广东口音的客商走进门市部,东看西看,一眼看到几匹春亚纺布料,不禁眼前一亮:"老板,这个布你有多少哇?"原来,这位客商来自广东汕头,姓许,这次到东方丝绸市场来就是为了找这种名为"春亚纺"的布料,要用这个布做最时兴的衬衫。

"许老板,这你可找对人了!"陈佰根神秘一笑,"你不找我,现在还真买不到春亚纺了!"

说来也巧了,当时这种春亚纺布料刚刚流行起来,经线用涤纶丝,纬线用低弹丝,织布染整后手感柔软滑爽,不易裂开,有光泽还不易褪色,深受市场欢迎,销路很好。但有个问题,当时低弹丝原料很难买到,市场里的很多商户想卖春亚纺但进不到货,工厂想生产但苦于没有原料。事情就是这么巧,偏偏陈佰根也看准了春亚纺的商机,他之前花了很多心思东奔西跑,终于在湖北宜昌和湖南湘潭找到了两家生产低弹丝的化纤厂，他又花了不少心思让这两家工厂把低弹丝全部供应给他，还签订了供销合同。这下，他在市场上就有了拳头产品——春亚纺。要不怎么说机会总是青睐有准备的人呢！这不，机会自己找上门来了！

春亚纺的行情长盛不衰，到 1989 年底，陈佰根的财富又翻了一番，照这速度，成为"陈百万"指日可待了！

春亚纺行情最好的几年，陈佰根带动了附近荷花、田乐、南汇 3 个乡织户的 600 多台机器同时生产。陈佰根发加工付钱爽快，讲信用，他总是带着现金去收布，现场数钞票，织户们喜笑颜开，都愿意跟着他干。有些织户就靠为陈佰根加工，一年能赚 10 多万元。

1996 年，陈佰根投资 200 多万元买进 15 亩地，成立嘉兴市长青实业有限公司，造了 120 间房，其中 20 间门面房出租。"纺织生意这里做不好的话，全世界没地方能做好，这里是人家送钱上门来！"他说。这时，陈佰根已经是远近闻名的"陈百万"了。他给了大儿子 100 万元让他分出去到南方丝绸纺织市场做原料生意；让小儿子在盛泽做布生意，经营嘉兴市长青实业有限公司。

如今，"陈百万"的故事渐渐远去。现已 70 多岁的陈佰根身体硬朗，和老伴一起住在王江泾那栋仍然十分气派的大房子里安享晚年，院子里花果飘香，儿孙们常回家看看，一大家子尽享天伦之乐。

人老了喜欢回忆过去。陈佰根现在经常感慨唏嘘,回望大半辈子的财富人生,几十年里都在抢抓时代的机遇,为一家人过上更美好的生活打拼。他感谢那些曾经的苦难。那些年,夫妇俩赚的钱多,吃的苦更多,常年没日没夜地干。村里人羡慕他们赚了钱,却也说他们真的苦。

还记得 1984 年,那年大儿子 17 岁,女儿 15 岁,小儿子 13 岁,可因为生意忙不过来,陈佰根让孩子们都不要念书了,回家做帮手,学着做生意,那时他心里有个想法:"这是赚钱最好的时代,这样的机会,时长不会超过 10 年,机不可失,时不再来,我们全家每个人都要抓紧时机!"

那年,他刚刚攒钱买了台缝纫机,到深更半夜,全村除了他家,没有一户人家亮着灯——他们全家人都还在赶工干活。女孩子到底娇气些,有时半夜累得腰酸背痛,困得眼睛都睁不开,也会嘟囔抱怨"不做了,苦死了!""睡觉了睡觉了!",但也往往只是和衣胡乱躺下,天不亮就起来继续赶工。

夫妻俩也真节俭,那年月常年出门"跑单帮",为了省钱,每次都是蒸了米糕带在路上吃。北方饺子香,可他们嫌贵。从北方回来时,就带些花生米在路上充饥。那时他们在火车站、大街上看到好多次"北京烤鸭",那扑鼻的香味,隔着条街都直往人肺腑里钻,把人的魂都勾走了,可他们从来没尝过。

把孩子们往家里一扔就是大半个月，回家时给每个孩子带两个苹果，夫妇俩自己也就闻闻香味。对他们来说最难忘的消费就是有一次在山东买了两根油条，一人一根，再各配上一碗海带汤，那就是最上乘的享受了。

经济学家常把浙江民营经济形象地比喻为"草根"经济。或许就像陈佰根夫妇这样，他们的生命力像野草一样顽强，他们在任何艰难困苦中都坚持努力向上。"白天当老板，晚上睡地板"，是浙江人艰苦创业、吃苦耐劳精神的生动写照。关于浙商特别能吃苦这一点，有这么一个小故事曾广为流传：在新疆阿勒泰的一个温州补鞋匠，挑着沉甸甸的担子，一路尾随着马不停蹄不断迁徙的哈萨克族牧民。为什么呢？因为牧民的马靴遇雪水容易磨穿，需要不断修补，温州补鞋匠就拖着满是血泡的双脚，追赶着哈萨克族牧民辗转谋生。

风雨晨昏人不晓，个中甘苦只自知！

中国经济自改革开放以来高速增长40多年，给无数"草根"创业创富的机会，点亮了亿万人民关于美好生活的梦想。

陈佰根66岁退休，两儿一女把纺织产业做得更大了，小儿子和女儿还把工厂开到了安徽池州的纺织工业园里。曾经，"陈百万"的故事在嘉兴家喻户晓，而今，每个子女都有几辆车，单拎出一辆车就要100多万元了。夫妻俩感谢曾经吃过的苦，更感恩的，是这个伟大的国家、伟大的时代。

第 章

东方风来满眼春

乡领导专程上门拜访，鼓励钱传兴这个致富能人抓住机会大展拳脚，开公司办厂。"你大胆干，政府会支持你的！我们'无条件跑腿，一条龙服务'！"乡领导的热情鼓动，让钱传兴动了心思，他摩拳擦掌，跃跃欲试。

在陈佰根创办第一家公司之时,王江泾已兴起开公司、办工厂的热潮,并且持续高涨。

如果说此前家庭纺织业的发展繁荣,还只是一种体制外的野蛮生长,那么,办厂开公司的热潮则一开始就得益于政府的有力引导和推动。

经过十几年蓬勃发展,到 1992 年,王江泾境内各乡镇已发展起个体织机共 3 万余台,个体经车近千架,王江泾南方丝绸市场门市部已有 200 多个。一些头脑精明的能人已经实现产业的规模化经营,有的拥有织机几十台,有人发加工规模达几百台,家庭经营资产达百万元级别的也有不少。在"四个轮子一起转"的方针下,一些人已经开始创办联户企业。而要实现更大范围的突破,则还有待政策层面的强力催化。

1992 年的春天很快到来。从这年 1 月 18 日到 2 月 21 日,改革开放总设计师邓小平同志进行了第二次南方之行。当时国内针对改革开放有诸多争论,质疑声不断,邓小平在此次南方之行中视察武昌、深圳、珠海、上海等地,发表了一系列振聋发聩的讲话,后被统称为邓小平南方谈话,其中就有:

"基本路线要管一百年，动摇不得。"

"计划多一点还是市场多一点，不是社会主义与资本主义的本质区别……社会主义的本质，是解放生产力，发展生产力，消灭剥削，消除两极分化，最终达到共同富裕。"

"改革开放胆子要大一些，敢于试验，不能像小脚女人一样。看准了的，就大胆地试，大胆地闯。"

"中国要警惕右，但主要是防止'左'。"

"只要我们的生产力发展，保持一定的经济增长速度，坚持两手抓，社会主义精神文明建设就可以搞上去。"

思想要解放一点，改革开放的胆子更大一点，建设的步子更快一点！南方谈话精神吹响改革开放继续前进的号角。一时间，解放思想、加快改革开放的步伐，成为舆论共鸣中的最强音。1992 年 10 月召开的中国共产党第十四次全国代表大会，确立了建立社会主义市场经济体制的改革目标，同时将党的基本路线写入党章。

1992 年，又是一个春天，

有一位老人，在中国的南海边写下诗篇，

天地间荡起滚滚春潮，征途上扬起浩浩风帆。

春风啊吹绿了东方神州，春雨啊滋润了华夏故园。

……………

正如《春天的故事》里所唱的,尽管1992年气候学意义上的春天如往常一样很快结束,但在很多人的感受和记忆中,这一年仿佛整个儿都是春天。

那些谙熟中国国情的人,第一时间从中嗅出了巨大商机。很显然,一个超速发展的机遇已经出现,这时需要的就是行动,行动,立即行动!

邓小平南方之行后,一个最显著的影响是,全国立即出现了一股前所未有的办公司热潮。据统计,北京市的新增公司数量以每个月约2000家的速度递增,比过去增长了两三倍。浙江、江苏等省的新增公司均比上年倍增。

当时,地处苏、浙、沪黄金三角中心的嘉兴,在"苏南模式"的引力、"温台模式"的活力中,融会贯通,各取所长,思想解放已先人一步,经济发展十分迅速。从1984年到1989年,嘉兴连续召开3次"海宁会议",以一浪高过一浪的声势和一系列举措,大力支持乡镇企业发展,还鼓励乡(镇)、村、联户、家庭"四个轮子一起转",使乡镇企业、个体与私营经济同时迎来大放异彩的黄金时代。

在国有企业、集体企业与个体经济、私营经济之争中,人们很快发现,比起当时效率普遍低下的国有、集体企业,那些看起来不起眼的个体经济、私营经济的主体更具活力,它们总是能够剑走偏锋,在严密的"计划"之外撕开口子,并最终夺得地盘。

曾在大队丝织厂干过 6 年，后来自己从事家庭纺织业的吴爱明，对此有着直观的感受。大队丝织厂 12 台织机，工作人员却要五六十人，从厂长、会计、出纳、纺织工、保全工、采购员、销售员、发电工、驾驶员到仓库保管员、质量检验员，难免出现平均主义、人浮于事、效率低下等诸多弊端。他做仓库保管员时每天工作 8 小时，每月拿 37 元工资。而家庭织机户里，每个人能看几台织机，织机日夜运转 24 小时不停歇，每台织机每月能带来 200 元收入。

悬殊的效益对比，催生了人才、资源的流动整合。到后来，乡（镇）村集体企业的人都纷纷出去单干，这类企业的人才、技术、客户都开始流失……

面对乡（镇）村集体企业发展面临的困难，政府解放思想，开始引导乡（镇）村集体企业大力发展横向经济联合，鼓励企业"靠大户、找靠山"。

如果说此前经营层面的改革还只是"戴着镣铐跳舞"的话，那么从 20 世纪 80 年代末逐渐推行的产权改革，则是对乡镇企业真正"松绑"的开始。特别是 1992 年以后，在邓小平南方谈话的激励下，嘉兴乡镇企业改制的步伐骤然加快，相关探索从经营机制层面深入产权层面。

1992 年实在是一个很关键的年份。就在这一年，王江泾个体和私营经济发展真正的黄金时代开启了！

　　一方面,境内各乡镇对所剩的乡(镇)村集体工业企业,纷纷采取拍卖、切块重组、零资产转让、破产等方式进行改制,基本上转为各种形式的私营企业。田乐乡的 15 个集体企业采取"一脚踢"承包或清产核资及转制的形式,逐年回收投资资金,逐年转为个体或停办。随着私营企业的兴盛、家庭工业的发展,乡(镇)村集体工业企业中的技术骨干也纷纷跳槽到私营工业企业,使得乡(镇)村集体工业所占比重进一步缩小。在田乐乡,乡(镇)村集体工业企业几乎消失。就整个王江泾来看,1992 年,境内个体、私营工业主体和乡(镇)村集体工业企业还是各占一半的格局;到 2000 年,乡(镇)村集体工业企业已不复存在,全部改制为私营或其他经济成分的企业。

　　另一方面,政府开始大张旗鼓地支持鼓励发展个体、私营经济。南汇、虹阳、荷花、田乐、王江泾各乡镇都纷纷建起工业小区,提出"建小区、扶大户、育新品"。乡镇领导带队到南方丝绸市场、东方丝绸市场和各村,走访规模较大的私营业主,鼓励他们进工业小区办工厂、开公司。当时,政府还鼓励村干部、机关干部家属带头搞个体、私营经济。同时,政策方面也大开绿灯。政府采取工商登记放宽、银行信贷开放、集体土地经过审批后可以征用办厂、建立工业开发区等措施，推动民营经济大步发展。

在政策暖风的吹拂下，在发展的内生驱动下，一些实力雄厚的私营业主纷纷进园区办厂，将家庭作坊升级为民营企业。此时，人们头脑中"姓'资'姓'社'"的疑云散去了：过去零打碎敲的家庭织机户，开始理直气壮地从事专业生产；一批批流往外地的生产经营能人，又纷纷携资金、技术和设备回乡投资兴业。

钱传兴就是在这股热潮中投资建厂的，他创办了后来成为行业龙头企业的嘉兴市元丰纺织有限公司。

1984 年，钱传兴带着 4 个儿子，每人出 100 块钱，购得了第一台铁木织机，办起了家庭作坊。那时每米布的利润有 6 毛多，半个月就可以生产 1 个经轴，赚 300 多块钱。1 年后，兄弟 4 人分开干，又各自购得 1 台织机……从 1 台、5 台到 10 多台，滚雪球式发展，钱家父子业务量越来越大，一家人忙不过来，便开始外发加工。

到 1994 年，钱传兴已是田乐乡很有名气的生意人了，全乡有 100 多户家庭专门替他从事加工业务。不过，规模做大了，钱传兴也开始面临新的问题：由于家庭织机户都是家庭作坊式生产经营，生产不规范，质量没保证。"常常有货因为不合格被退回来，多的时候有几千米，我明明能赚钱的生意最后也亏了！"他说。

　　就在这时,田乐乡专门开辟出占地 27 亩的田乐工业小区,对进区建房办企业者实行一系列优惠政策。乡领导专程上门拜访,鼓励钱传兴这个致富能人抓住机会大展拳脚,开公司办厂。"你大胆干,政府会支持你的! 我们'无条件跑腿,一条龙服务'!"乡领导的热情鼓动,让钱传兴动了心思,他摩拳擦掌,跃跃欲试。

　　于是,1995 年,他就投资 400 多万元,率先在市泾工业开发区投资开发 8 亩地,引进 100 台 K116 丝织机、1 台加捻机,创建了当时田乐乡最大的纺织厂——嘉兴市元丰纺织有限公司。

　　儿子钱文云接班掌管企业后,又投资 600 多万元,不仅购置了 90 台有梭织机,连前后道工序所需的捻车、整经机、络丝机和卷纬机也一并购进,从生产单一的头巾纱转向生产印花面料。

　　"一下子投入这么多,万一有个闪失,岂不是竹篮打水一场空?"有人为他捏了一把汗,有人则冷眼旁观。

　　不过,钱文云却看好改革开放政策和开始繁荣起来的市场。经过一年的运营,钱文云的企业不仅稳住了"阵脚",而且表现出欣欣向荣的发展势头。接下来,在政府支持引导、企业主动发展的情况下,嘉兴市元丰纺织有限公司不断开发新品、更新设备、扩大规模,几乎每年都上一个新台阶。

为应对不断变化的市场需求，钱文云不断调整产品方向。1996 年，强捻仿真丝产品和中档裤料市场兴起，钱文云再投资 800 多万元，在开发区分两次投资开发 20 多亩地，购买了 60 台剑杆无梭织机、3 台高速整经机、3 台电脑络筒机，使公司的生产能力又向前跨了一大步，年生产各类化纤及混纺产品可达 450 万米。他还在中国轻纺城、南方丝绸市场、东方丝绸市场、常熟服装面料市场都设立了经营部和直销点，形成了自己的销售网络，客户遍布全国各地，部分产品还间接出口到南非和东欧地区。

1998 年，公司成功开发新面料"金盾王"，使钱文云尝到了抓管理和科技创新的甜头。这个产品的制作工艺复杂，一般厂家无法生产，投产后十分畅销，仅 1998 年下半年就销售了 200 多万米，一年为企业带来 300 万元的收入。

随着人们生活水平的不断提高，原来的纯化纤产品不再受欢迎，市场上高档面料短缺，低档的却供大于求。钱文云分析后认为，现有的生产设备已不能满足市场竞争需要，必须加大投入，更新设备，以提高产品档次。经过 1 年多的市场调研，1999 年，公司再次投资 4300 万元，从日本引进 100 台当时全球领先、性能超群、市场看好的喷气织机及整套配套设备。

当时，为了使这一项目尽快上马，乡政府及有关部门与钱文云一起,从秀洲区有关部门一直跑到浙江省计划与经济委员会、国家经济贸易委员会。他们真正兑现了"无条件跑腿、一条龙服务"的承诺,帮助钱文云编制项目建议书、编制可行性报告、开展项目环保评价、办妥引进设备手续等,直到工程建设、安装调试设备。

2000 年新项目投产后,公司新增中高档织物年产 1000 多万米的能力,新增产值 1.1 亿多元。当时,公司已基本能替代生产进口的高档西装面料,年产值达到 1.8 亿元,一跃成为田乐乡纺织业"八大金刚"中的老大。

那是民营经济高歌猛进、快速发展的黄金时代。短短几年间,织机从木机到铁机,从单梭到双梭,到无梭,再从无梭喷水到无梭喷气。在设备的快速更新换代中,元丰纺织从一个家庭作坊发展成为秀洲区丝织业的龙头企业,钱文云从个体工商户一跃成为令人瞩目的企业家。

嘉兴市元丰纺织有限公司的一次次快速升级,是 20 世纪 90 年代大量民营企业发展路径的典型代表。

"那是个激情燃烧的时代!"另一位企业家罗春荣说。

他多年后回想起那段岁月,觉得那时所有人都充满干劲和闯劲。刚刚从物质短缺时代走出来的中国人,在衣食住行等几乎所有领域都爆发出旺盛的市场需求。"那时几乎做什么都能卖出去,做什么都赚钱!"罗春荣说。

他市场嗅觉敏锐，总是先人一步抓住市场需求推出新产品。1990 年他做里子布，一年赚了 90 多万元；1993 年做刚开始流行起来的乔其纱、雪纺，又赚了几十万元；1995 年办厂，他用自己的几十万元再加银行贷来的 36 万元，在田乐工业小区投资开发了 8 亩地，购置 36 台有梭织机，第一年就赚了近 300 万元。在乡镇领导的鼓舞动员下，他一次次不断扩大再生产……

那时改革开放已进行 20 多年，人们不再为"姓'资'姓'社'"而争论，政府出台政策大力引导支持民营经济发展。以经济建设为中心的发展热情鼓舞着所有的人，市场经济加速发展，各行各业都充满机会，一个又一个的创富故事激荡人心，人们投资创业的热情被前所未有地激发出来！

在这波建厂开公司的热潮中，许多头脑灵活、胆子大、有实力的能人像钱文云、罗春荣一样，从私营业主一举升级为民营企业家。家庭作坊转向规模化生产，并且在短短几年内获得快速发展。

1998 年秀洲区扩镇并乡，邻近荷花乡、虹阳乡并入王江泾镇。合并后的王江泾以更大力度推进个体、私营经济发展，1999 年出台的《王江泾镇发展工业经济若干优惠政策》规定，凡来王江泾投资兴业的企业，从项目洽谈、立项报批、用地、用电到申领工商执照、税务登记等手续均由镇工业办公室和开发区工业办公室实行"一站式"服务,项目从申报之日起 1 个星期内办清全部手续。同时,对投资额在 200 万美元以上、经营期 10 年以上的企业,从获利年度起,第 1—2 年免征所得税,第 3—5 年全额返还所得税,第 6—10 年返还 50％所得税。

政策层层加码,市场大潮澎湃,民营企业如雨后春笋般开办出来。到 2000 年,王江泾已有私营工业企业 50 家,个体工商户 6413 户,共 6463 家(户)。而仅仅 2 年后,到 2002 年,王江泾明确提出做大做强丝织业,全镇混合所有制企业 78 家、私营企业 127 家、个体工商户 7186 户,共 7391 家(户)。

更令市场热情高涨的是,当时几乎绝大部分企业都能赚到钱。企业库存产品少,亏损情况也少。镇政府组织市场调研并及时传递信息,广大经营户敏锐捕捉商机,开发出荷兰麻、金星麻、菱形麻等一批新产品,使全镇织机开机率达 90％以上,产品产销率达 95％以上,使家家户户都能赚钱。

后来常被人提起的田乐乡"八大金刚",更是当时涌现出的众多民营企业中的佼佼者。

"八大金刚"中,除了钱文云创办的元丰纺织外,还有罗春荣创办的鸣业纺织、沈金荣创办的诚恒纺织、钱富华创办的蓝天纺织、汝兴龙创办的越龙纺织、卜菊明创办的明效丰汇、沈桂荣创办的新荣成纺织等。当时,"八大金刚"企业年销售额都在 1000 万元以上,成为全乡工业经济的重要支撑,其中元丰纺织等 3 家企业各自的年销售收入则均已超过 2000 万元。

从几乎同样的起点出发,"八大金刚"却在后来演绎了截然不同的发展轨迹:有的一直坚持以纺织为主业,不断转型升级、做强做大,如鸣业纺织,至今依然是王江泾纺织业龙头;有的快速扩张发展为集团公司,却因为资金链断裂而轰然倒塌,如明效丰汇;有的没有踩准市场节奏,因转型升级失败而掉队;有的放弃了纺织业而试着转向房地产等其他行业。"八大金刚"的同时兴起,以及后来各自的兴衰成败,恰恰是改革开放进程的时代注脚:市场经济给所有人带来创业致富的机会,但唯有不断奋进创新,练就一身弄潮本领,才能应对市场经济大潮一次次的冲击考验……

"南方"亮了！

当王江泾的民营纺织企业突飞猛进式发展时，一度低迷的南方丝绸市场也打响了绝地反击的攻坚战。"南方"不亮"东方"亮？王江泾人相信：思路决定出路，路是人走出来的！

当王江泾的民营纺织企业突飞猛进式发展时，一度低迷的南方丝绸市场也打响了绝地反击的攻坚战。

"南方"不亮"东方"亮？王江泾人相信：思路决定出路，路是人走出来的！

"我们要在竞争中求生存，在困难中求发展！"当时，南方丝绸市场总经理姚海林立下壮志并放出豪言。

水乡泽国无处不在的水，涵养了王江泾人温和内敛的性情、勤劳精明的性格。他们骨子里却也有着百折不回的坚持、一往无前的闯劲。面对河对岸东方丝绸市场的高压竞争态势，南方丝绸市场的领导班子冷静以待，认真分析了"南方"不及"东方"的原因，提出了借"东方"之光、兴"南方"之市的策略，多次派员去"东方"取经、探秘，学习他们灵活的经营管理理念和强烈的市场观念。

自此，南方丝绸市场开始了一次次脱胎换骨式的成长。

一个市场要繁荣，既要有优越的地理位置，也要有良好的基础设施与之相配套。南方丝绸市场的攻坚战首先从市场建设上开始。1993 年 12 月，"南方"新市场建成，拥有近

400个经营部。新市场设有专门的管理机构，逐步完善了从办公、仓储、运输、邮电、食宿到金融、工商、税务、治安、法律服务等方面的配套设施，形成了为家庭织机户产前产后"一条龙"服务的体系。场内所有经营部都装有国内、国际两条线的程控电话，并配有为各个经营户提供服务的传真机、复印机等设施。同时，市场新区内的第三期扩建工程也在抓紧兴建，老区内的40个经营部全部搬入新区营业。

市场容量的扩大、配套设施的完善提升，还吸引了很多新的经营户入驻，新的南方丝绸市场很快活跃、繁荣起来。

除了硬件设施的更新，南方丝绸市场也很重视经营策略上的创新。姚海林说："凭实力，论规模，我们不及东方丝绸市场，但我们可以用'巧力'，充分用活政策，不断增强吸引力。"

首先是在市场定位上用"巧劲"。南方丝绸市场与东方丝绸市场变对手为帮手，互通有无，携手兴市，建立起信息技术、业务等方面的联系网络，共同为重振"丝绸之府"的美名而努力。

很快，两个市场的来往变密切了，太平桥桥头的检查站也随之消失。那座毫不起眼的太平桥，既是浙江和江苏的两省分界线，又成了连接两个全国闻名的丝绸市场的纽带。

交易旺季，满载着原料、坯布等货物的各种货车不停地穿梭于两个市场之间。一次，南方丝绸市场内一间门市部的业务人员与一名福建客户洽谈业务，后者急需购买 100D 涤纶长丝但前者不巧无货，门市部经理随即拿起电话，与"东方"联系。不到 1 小时，"东方"就快速调来 8 吨货物。

像这样的事，在两个市场之间几乎每天都有发生。不少企业干脆同时在这两个丝绸市场设点，开展业务经营。一位来自江苏苏州的丝绸公司经理特地在南方丝绸市场新区开设了两个门市部，他说："虽然江苏与浙江是两个省，但市场没有省界，'东方''南方'隔岸相望，就像一对'孪生兄弟'，我们既要在'东方'经商，也要在'南方'立业。"

除了与东方丝绸市场携手发展，南方丝绸市场还与东方丝绸市场错位竞争。东方丝绸市场多为成品交易，南方丝绸市场就大胆调整商品结构，依托王江泾发展得如火如荼的个体、私营纺织业做大原料交易。经营户们根据市场需求科学配置各种适销原料，使原料交易迅速活跃起来，各种原料成了抢手货。例如，绍兴客户的布料需求量大，经营户们便千方百计组织货源，集中经营，出现了供不应求的好势头。

做生意需要充足的资金作为基础，而流动资金短缺是南方丝绸市场面临的一大难题。在政府无一分钱投资的情况下，南方丝绸市场一方面利用交通便利的优势扩大销售渠道，另一方面"借船出海"，以部分厂矿、公司投资、集资、贷款为依托，采取"补台"措施，逐步奠定了自我发展的基础。

为了营造公平诚信的市场交易环境，南方丝绸市场在抓好硬件建设的同时，不断加强软件建设。加强对市场的监督管理，开展文明经营户评比活动和普法知识教育，以加强经营者的法律意识和推进公平交易、合理竞争，并同技术监督部门一起定期对商品进行抽查，发现问题及时处理，使市场行为不断走向规范化。

与此同时，南方丝绸市场以低廉的房租及染料定额税、坯布免税等优惠政策，吸引八方来客。盛泽东方丝绸市场的经营户们纷纷来南方丝绸市场开门市部。他们说："'东方'有'东方'的优势，'南方'有'南方'的特色，多一块地盘多一分收获，'南方'是有发展前途的。"

路，是靠人走出来的，南方丝绸市场很快在竞争中站稳了脚跟，市场愈来愈红火，规模也逐步扩大。1993 年，南方丝绸市场 200 多个经营部累计销售各类化纤布 7000 万米，化纤原料 12500 吨，总成交额达 5.2 亿元，比上年同期增长 96.23%。

1993 年腊月廿七，云龙贸易有限公司经理严龙飞仍在忙碌，桌上的电话接连不断，年前的业务依旧繁忙。家庭织机户生意好，布料畅销，原料也就紧俏，他最近 4 个月就经销了 100 万元产值的原料。

"这些原料你们是从哪里运来的？"慕名而来的客商向他

打听。

"远的、近的都有。远的在云南,近的在无锡这些地方。挂钩的国有厂家就有近 10 家。我根据市场需求组织货源,好销就多进,滞销就少进!"

"眼下最好做的是什么产品?"

"低弹丝、长丝、春亚纺、涤平纺等品种。前几天从云南运来 10 吨低弹丝,一到就抢光了!"严龙飞说,"都年底了,织机户还在催着要货。"

王江泾人越来越清楚地意识到:"南方"的优势就在于当地 3 万多台织机的强大生产力,而"万户机杼"每天生产的纺织品又依赖南方丝绸市场的产销联结。

彼时的王江泾犹如一座巨大又忙碌的工厂,家家户户的织机 24 小时连轴转,3 万台织机每年从南方丝绸市场"吃"进上万吨原料,经家家户户精编细织后,又"吐"出数亿米的坯布,经当地近 10 家印染厂印染后又马上进入南方丝绸市场,远销国内外的广阔市场。

依托这一产业基础,南方丝绸市场具有了"上连千家客户、下连万台织机"的独特优势,近悦远来,南方丝绸市场很快成为浙北丝绸交易的中心,形成了包括原料生产、织造、染整配套、销售等在内的完整的工业体系,极大促进了纺织产业发展。

当时，王江泾纺织个体户、私营企业井喷式发展，当地的劳动力已不能满足需求。织机户出高薪招工，吸引了大量外来劳动力，一个劳动力市场就这样在南方丝绸市场旁兴起了。这里时常人声鼎沸，来自湖南、安徽、江西及浙江安吉、绍兴等地的年轻姑娘成群结队前来找工作。当地织机户要招工就到这儿来，双方现场谈好各种条件，"双向选择，竞争上岗"。

"月工资能有多少？"外来姑娘问道。

"月工资 500 元，包吃包住。"织机户老板爽快地开出条件。

新桥村一名织机户和几个安吉来的"打工妹"谈妥条件时已是中午，招工者就近为她们每人买了一份面包和一瓶汽水，就领着她们乘上早就准备好的船，接回家去干活了。

万户织机引来万名外地姑娘。"打工妹"一年下来少则挣几千元，多则有上万元收入。外地姑娘的欢声笑语，给这个江南水乡注入了新的活力，还为它增添了不少"外来媳妇本地郎"的浪漫佳话。

"办一个市场，兴一方产业。"一个繁荣活跃的市场，有力地带动、促进了王江泾及周边乡镇纺织生产的发展。市场周边地区的织机由几千台发展到数万台，机器也由原来的普通型更新为喷水织机、剑杆织机等高档型，并相应带动了当地印染业和纺织业的发展。雄厚的产业基础、便利的交通条件、畅通的信息网络、良好的经营环境,又反过来促进市场繁荣,吸引更多经营者入局。

市场的繁荣,还带动了周边一连串配套服务业的兴起和市镇的繁荣。短短几年内,由粮食部门投资数百万元建设的长虹大厦拔地而起,矗立于市场前沿;外商出资 300 万美元建设的龙泉公园在市场一侧兴建;邮电大楼、供销大楼及高档酒楼餐馆等加紧建设……昔日破旧的小镇焕然一新,一幢幢高楼拔地而起,一个个门市部装饰一新,一条条道路平坦宽敞,整个市镇充满生机与活力。

1994 年,南方丝绸市场旁边,6 层高的"名流娱乐城"开业了。这座娱乐城总投资 280 万元,内设餐厅、舞厅和业务厅,有音乐茶座、KTV 包厢,集吃、玩、商务会谈于一体。每当夜幕降临,娱乐城霓虹闪烁,把南方丝绸市场映照得流光溢彩。

投资建设名流娱乐城的老板名叫史留福。史留福是田乐乡新农村人,此前在东方丝绸市场已做了 8 年生意。看到南方丝绸市场这几年日渐兴旺,但仍难以和"东方"媲美,他决意回乡投资,为南方丝绸市场出一份力。

花香蝶自来,货高招客远。南方丝绸市场虽然刚刚起步,仍需要更多来自各方的扶持,但它毕竟已日出东海,放射出了夺目的光彩。到 1994 年,南方丝绸市场的客商已遍及全国各地，其中外地客户已达 100 余家，占客户总量的 20% 以上。市场总建筑面积达 1.5 万平方米，拥有固定资产总价值约为 1500 万元，成为浙江省十大专业市场之一。

正如历史上丝织商贸辐射带动周边的家庭纺织业发展一般，南方丝绸市场与王江泾纺织工业和着市场的节拍，产业与市场互促，商贸与工业共荣，不断演奏出新的时代强音。2004 年，伴随着"中国织造名镇"的真正崛起，王江泾镇政府又开始筹划易地建设嘉兴·中国南方纺织城，那个最初由市泾市场演化而来的南方丝绸市场迎来第三次蝶变升级。

"仅从南方纺织城的选址，就可以看出王江泾当时做大做强的决心。"后来担任南方纺织城管委会总经理的吴爱明说。南方纺织城选址于新太平桥西侧，那里是王江泾的黄金地段。此前位于那里的镇政府、派出所、工商所和企业，都为南方纺织城的建设腾退搬迁。南方纺织城总投资约 4.5 亿元，总规划用地面积约 27 万平方米，其中一期用地面积约 11 万平方米，建筑面积约 10.5 万平方米，共有商铺 588 间，分为化纤原料、服装辅料和纺织面料三大区块。

事实上，从省到市到区到镇，各级都对南方纺织城的建设给予了极大支持。它被列入浙江省当年度重点项目。秀洲区专门下发文件，对纺织城入驻经营户所缴纳的税收，3 年内区、镇两级财政所得部分全额奖励，并实行定额和按实缴纳两种方式。如此空前的优惠力度，为市场的兴旺繁荣提供了有力的保障。王江泾镇政府更是将其作为区域性地标工程，予以政策上的多方面优惠。

南方纺织城定位为国际纺织交易平台，集贸易、研发、信息、物流和会展五大中心于一体，将纺织产业所需要的各种要素一网打尽。同时，配以休闲、娱乐、观光、餐饮等公共设施，形成一个大规模、专业化、现代化、多功能的纺织交易市场，以此扩大产业与专业市场的互动效应。2009 年，在全球金融危机蔓延的大背景下，嘉兴·中国南方纺织城逆势而上隆重开业，成为纺织业界聚焦的新亮点。就在开业当年，入驻企业和经营户近 400 家(户)，完成纺织品交易额 38 亿元。

"南方"亮了！借助南方纺织城这一平台，王江泾纺织产业集群优势日益凸显，生产规模、市场销量、产业链完整性和设备先进性均位居全国前列。

数年后，伴随着电子商务的快速兴起，南方纺织城和所有实体专业市场一样，面临着新的机遇和挑战。然而，转型升级、涅槃重生，正是每个商业主体在市场竞争中永远常新的课题……

第 章

衣被天下

在这片土地上绵延千百年而弦歌不绝的纺织业，在历经劫难后终于在新千年里攀上了一个新的高峰，"日出万匹、衣被天下"的荣光重现，而这个时代纺织业的发展高度，即便是历史上最繁荣的明、清时期也无法比肩，老百姓的生活富裕程度更是超出了过去的任何时代！

提起纺织业,很多人都会想起一首名为《金梭和银梭》的歌曲:"太阳太阳像一把金梭,月亮月亮像一把银梭……"

传统织机尽管一次次更新换代,但都是有梭子的,统称有梭织机。20世纪90年代,国内外纺织业开始大范围推广无梭织机(当时主要是喷水织机),在纺织产业内掀起了一场"无梭化革命",也给王江泾纺织业带来一次全新的腾飞机遇。

技术进步往往会推动产业变革。对于纺织产业来说,喷水织机的效率提升可以说是革命性的。传统有梭织机每分钟最快转速是110转,而喷水织机能达到七八百转。更直观的比较是,每台有梭织机每天只能织布五六十米,织出来的布质量还不稳定,机器维修率高,自动化程度不高,每人只能看2台;而每台喷水织机每天能织布300多米,多的甚至达到五六百米,效率大大提高了,并且织出来的布质量更好、样式更多,而且织机自动化程度高,每人可以操作20多台。

喷水织机不再用梭子,而是采用喷射水柱牵引纬纱穿越梭口。当时,有梭织机已成为落后的代名词,在市场上迅速被淘汰，直至最后一台梭机被送进博物馆。而在充分竞争的纺织市场，谁的"无梭化革命"先行一步，谁就能在竞争中抢占先机！

在那个"时间就是金钱、效率就是生命"的时代，没有什么能冷却人们加快发展的热情！纺织业的"无梭化革命"如狂风骤雨般袭来，对于将纺织业作为支柱性产业的王江泾来说，当务之急就是要迅速推进"无梭化革命"，先人一步确立竞争优势。

一些市场嗅觉敏锐的企业家早已行动起来了！早在1995 年，田乐"八大金刚"之一的元丰纺织就投资 400 多万元，引进了 100 台当时先进的 K611 喷水织机、1 台加捻机，一举成为当时田乐乡最大的丝绸纺织企业。1997 年，元丰纺织又投资 1000 多万元购进新设备，淘汰原有设备，率先进入无梭化生产时代。

机器设备更新给老板们带来的效益十分丰厚。沈柏根就从中尝到了不小的甜头。沈柏根是南汇乡人，他的爷爷奶奶年轻时就用脚踏手拉式木机织布，后来他买过铁木织机、加捻机，1994 年还买了 20 多台有梭织机织布，但都没有赚大钱。1997 年，眼见织机"无梭化革命"兴起，沈柏根果断租下厂房，以每台 4 万元的价格一举买进 19 台日本二手喷水织机。得益于设备技术的市场领先优势，从 1997 年到 2000 年短短几年内,沈柏根就净赚几百万元!

当时用喷水织机有多赚钱呢?1999 年的一份资料显示,当年王江泾纺织个体户和私营纺织企业已达 6000 多家(户),织机有 2 万多台,全镇织机开机率在 90％以上,产品产销率在 95％以上,企业库存产品少,基本没有亏损的生产户(企业)和经营户(企业)。2 万余台织机年产各类仿真丝织物 2 亿余米,占王江泾工业经济总量的比重达 87.1％。1999 年前 7 个月,王江泾全镇技改投资总额已高达 6686 万元,其中个体、私营经济投入 5268 万元,同比增长 424％。王江泾工业总产值列嘉兴各乡镇之首,增长高达 25.3％。

不过,在沈柏根看来,王江泾的企业"真正赚大钱"是在 2001 年以后。一方面,中国成功加入世贸组织,给纺织企业带来巨大的外贸市场,源源不断的外贸订单雪片般飞来;另一方面,恰在这一时期,织机的"无梭化革命"使纺织企业生产效率大幅提升。天时地利人和,众多企业紧紧抓住了"入世"这一巨大的市场机遇。对于纺织行业而言,喷水织机是提升行业产能的主力军,是推动行业发展的大功臣。

为了确立纺织业竞争优势,支撑"中国织造名镇"的快速崛起,当时政府把丝织特色产业作为"工业立镇"的重中之重,并通过出台奖励政策、典型引导等,大力支持鼓励织机的"无梭化革命"。王江泾构筑起开发区、丝织科技园、田乐纺织园"一区两园"产业平台，本着"免规费、降地价、树形象、引客商、求发展"的指导思想，为进园区企业"无条件跑腿，一条龙服务"。王江泾还设立了"马上办"办公室，对有意投资或投入技改的企业实行"一站式"服务，进一步提高全镇个私业主增投入、搞技改的积极性。

针对家庭织机户技改投入存在资金压力、缺乏专人指导等困难，秀洲区委、区政府还专门制订了有梭织机无梭化改造计划，将扶持、鼓励有梭织机户全面实施技改、提升丝织业档次列入全区的"富民工程"。例如：给织机户配备工业专用变压器，每度电价降低 0.2 元；织机户购买无梭织机时，帮其筹措 30% 至 50% 的贷款资金；区经贸局邀请上海、北京等地的纺织专家，深入丝织企业进行技术指导；等等。

优良的投资兴业环境，助力形成了企业和家庭织机户争先恐后搞技改的强劲势头。没有什么比真金白银的支持和实打实的利润更具说服力，各企业、织机户投资更新设备的热情空前高涨。

喷水织机的数量呈几何级增长。据统计，2003 年，王江泾全镇已拥有各类织机 3 万多台，其中无梭织机近 1.5 万台。当年度全镇丝织业固定资产投入 4.21 亿元。

到 2004 年，全镇共投入纺织设备改造资金达到 10 多亿元，无梭织机已增加至 2.3 万多台，增速超过 50%。

王江泾镇有制造企业及个体工商户 6300 多家(户),其中年销售收入在 5000 万元以上的企业 10 家,3 万多人从事织造行业。全镇织造年产量超过 25 亿米,产品销售遍及全国大部分省(区、市),远销欧美等地,丝织企业对全镇财政税收贡献率在 85% 以上。就在这年 11 月,王江泾被中国纺织工业协会授予"全国织造名镇"称号,由此享誉国内。

当时,中国纺织工业协会称,王江泾拥有具备当代先进水平的喷水、喷气、剑杆、片梭大提花 4 类无梭织机,以其高速度、高效率、高质量代表着中国织造业的最新工艺技术水平,以实现织造无梭化为重要目标。

数万台喷水织机昼夜不停,声响交织,在广袤的浙北平原上奏响一曲民营经济高歌猛进的时代进行曲。这条北起苏、浙边界田乐纺织园,南至北郊河河畔王江泾开发区,绵延 20 多千米的生机勃勃的纺织产业带,被誉为"浙北第一民营经济产业带"。

"全国织造名镇"和"浙北第一民营经济产业带"的"金名片",给王江泾带来荣耀,更给当地老百姓带来源源不断的财富。

这个曾地处嘉兴北部低洼地带、饱受洪涝灾害侵扰的穷乡僻壤,因纺织业的快速发展,在短短数年里,一朝跨过"温饱线",又集体走上富裕路。一些过去远近闻名的穷村,在万户机杼声里，先后赢得"彩电村""电话村""别墅村""轿车村"等带有极强年代感的光环，成为王江泾农民率先富起来的生动注脚。

20世纪90年代，嘉兴流传着一句话："田乐来的都是万元户！"到2000年前后，每当人们在议论时下的高消费、"准大款"时，王江泾人依然是热门的谈论对象，一些店家和商场也往往把王江泾人视作奢侈品消费对象。无疑，在嘉兴老百姓眼中，王江泾老板多，那里已成为人们发家致富的神秘"宝地"。

当时的王江泾，的确处处都是先富起来的景象。镇上道路越拓越宽，车流滚滚，私家轿车越来越多。市场繁忙，企业林立，商业活跃，大楼越来越多，外来务工人员也越来越多。

走进嘉兴·中国南方纺织城，拥有百万元以上资产的老板比比皆是。被人称为"陈千万"的陈勇奎，原来只是一个月薪仅36元的砖厂挑泥工。随着市场的壮大，几年间他发展为拥有500台织机的"冒富户"。依托市场这个"魔方"，王江泾人从田头走向家庭，从家庭走向市场。只要心思活，不偷懒，不富才怪呢！

走出市场，走进市镇周边的一个个村落。"吭吭"的织机声连成一片，就像是一个大型交响乐团在房前屋后不停地演奏着。随便走入哪家，都是一样的场景，爬满直直白丝的机

器在欢快而有节奏地转动,源源不断地带来可观的财富。随
之而来的是家家户户生活的明显改善,乡间别墅修建成片,
小汽车也进入寻常百姓家。

曾经饭也吃不饱的罗春荣,1994 年花 160 多万元在田乐
乡盖起了豪华别墅,不仅建了地下室,还装有电梯,引得四邻
八乡都来参观。

交通工具的一次次变化,是王江泾人迅速致富的标志。
最开始,罗春荣就靠两条腿跑码头,开启了最初的头巾纱生
意。每天跑码头、收货、发加工,在乡里路虽说不上遥远,但
一天连轴转,也是累得不行。之后他赚了 1400 多元"巨款",
花了 100 多元买了一辆大桥牌自行车。1990 年,头巾纱加工
生意越做越大的他,花 2000 多元买了人生中第一辆摩托
车——嘉陵牌的,经常骑着摩托往返于家和市场。

仅仅两年后,罗春荣的摩托车就换成了本田 125,价格 1
万多元。做生意挣得多了,又花 3 万多元钱换成日本进口的
本田王,这是一辆黑色的双缸摩托车,车型高大帅气,再在自
己腰间别上当时流行的"大哥大",出门跑一圈,就是当时标
准的"大款"形象了。

1995 年开办纺织企业之后,为了运货方便,罗春荣买了
辆带货箱的小车——柳州五菱。1997 年买桑塔纳,花了二十
八九万元。这之后,越来越多的王江泾企业家买私家轿车,

并且不断升级换代。王江泾人共同疾驰在致富路上，编织着美好生活。

在这片土地上绵延千百年而弦歌不绝的纺织业，在历经劫难后终于在新千年里攀上了一个新的高峰，"日出万匹、衣被天下"的荣光重现，而这个时代纺织业的发展高度，即便是过去最繁荣的明、清时期也无法比肩，老百姓的生活富裕程度更是超出了过去的任何时代！四通八达的公路、崭新气派的镇区、机声隆隆的工业园区、林立乡间的豪华别墅、奔流不息的私家轿车……一切都在彰显着这个织造名镇的时代新气象。

第

14

章

民间"零点行动"

越来越多的老百姓闻讯赶来，聚集到河两岸围观。沉船断河之时，鞭炮声响成一片，王江泾老百姓拉出大幅标语："还我一河清水，还我鱼米之乡！""富了几个老板，苦了千千万万！""为了子孙后代坚决堵住污水！"

跨入 21 世纪,王江泾因改革开放带来的丰厚红利,迎来硕果累累的收获季。

王江泾的丝织产业再现"衣被天下"的盛况,现代"中国织造名镇"的繁盛早已超过古时江南丝绸重镇了,即便是农耕时代最富足的盛世也难以望其项背。人们生活水准普遍提高,城镇建设日新月异,王江泾快速蜕变为一个现代化的富裕市镇。

然而,这一切盛名之下,隐忧和困局也开始暗潮涌动,"成长的烦恼"开始如影随形,环境污染问题开始凸显。水微则无声,巨则汹涌,当时谁也没有想到,在人民素以性格温和内敛闻名的水乡王江泾,问题会以一种如此激烈的形式、一次震动中央的民间行动,在 21 世纪之初集中爆发!

2001 年 11 月 22 日零点,这是一个再普通不过的江南水乡冬夜时分,在江苏、浙江两省界河麻溪港(江苏称清溪塘)边,空气中却弥漫着浓重的紧张和不安。

1 个多小时前,从王江泾各村突然涌出数百名农民,在夜色中从四面八方急行军式地快速向麻溪港边聚拢。有部分农民则开着 28 条水泥船沿水路往两省交界处进发。

气氛像铅一样沉重。这几百人个个神色肃穆，他们统一头戴安全帽，身穿橘黄色救生衣，每个人都在左臂上绑了一根红色布条——这是他们约定的统一行动标识，也宣示着孤注一掷的决心：今夜，他们要干一件惊天动地的大事！要在麻溪港沉船、筑坝、断河，彻底截断从上游盛泽过来的滔滔污水！

零点时分，雪亮的汽灯灯光突然划破夜空，把周遭照得透亮通明。"动手！"大家齐声呼喝。一队农民奋力凿沉 28 条水泥船；另一队农民则驾驶 8 台推土机。人们用稻田泥土装满了一只只麻袋，一个传一个地全部投进 30 多米宽的麻溪港。

几百人很多互不相识，却齐心协力、密切配合、紧张作业。没有人说话，只听到推土机作业的声音和紧张劳动的喘息声。看不出谁在指挥，只知道所有人都神情肃穆，胸中憋着一团火！

农民们在河的两边站成人墙，围住了现场，他们死死望着江苏方向，提防江苏的人冲过来。

凌晨 3 时 50 分，人们爆发出响雷般的欢呼："麻溪港被彻底断流封航了！"

河，断了！

所有人似乎都吐出了胸中憋闷许久的怨气。

为什么几百名王江泾农民要自发前来,突然截断苏、浙两省的界河?

问题由来已久。

原来,上游的江苏吴江盛泽发展纺织业,每天排过来大量污水,不仅让王江泾人直接蒙受巨大经济损失,还严重威胁到这一方老百姓的生存和健康! 为了对迟迟没有解决的水污染问题表达抗议,这次,王江泾几百名农民集资 100 万元,自沉 28 条水泥船,动用 8 台推土机、数万只麻袋,切断了一条大河,堵塞了航道!

越来越多的老百姓闻讯赶来,聚集到河两岸围观。沉船断河之时,鞭炮声响成一片,王江泾老百姓拉出大幅标语:"还我一河清水,还我鱼米之乡!""富了几个老板,苦了千千万万!""为了子孙后代坚决堵住污水!"

而江苏盛泽方面,也聚拢不少人来挂出横幅,与王江泾针锋相对:"还我名誉!"

苏、浙边界上,老百姓剑拔弩张,双方情绪激动,形势一触即发!

事后,这一群众自发集资筑坝截污的抗议行动被称为民间"零点行动"。为什么叫民间"零点行动"? 因为在此前的1998 年,针对太湖流域日益严重的水污染,为了实现"2000年太湖水变清""不让污染进入 21 世纪",在国务院直接领导下，国家环保总局曾会同苏、浙、沪两省一市，发动过声势浩大的水污染治理运动。当时，环太湖地区统一开展针对污染企业的整治活动，要求在1999年元旦零点之前实现污水全部达标排放。那次"零点行动"轰轰烈烈，事后宣布太湖地区1035家重点污染企业全部实现达标排放。然而，那时人们似乎还没有充分预见环保治污的长期性、复杂性和艰巨性。1998年的"零点行动"以后，随着经济快速发展，太湖流域水质还在持续恶化。江苏盛泽的印染厂每天排放大量污水，这些污水排到下游，让王江泾老百姓深受其害，他们这才毅然决然地发起沉船断河的民间"零点行动"。

就在断河当天的凌晨，新华社江苏分社以内参的方式迅速向中央报告了这一事件。当日，新华社浙江分社也与嘉兴媒体记者合作数篇内参，火速发往中央。其主要内容是：江苏污染在前，堵河事件在后。

次日，由国家环保总局、水利部相关人员组成的中央调查组飞赴嘉兴。苏、浙两省分管环保的副省长率队，浙江、嘉兴和江苏、苏州的党政官员会聚一堂，各陈其词，商讨对策。

当时调查组的意见是，浙江人拦坝事出有因，要妥善处理好两省的水污染纠纷，但不管怎么样要先拆坝。

不料，拆坝却遭遇了来自老百姓的极大阻力。沉船断河之后，王江泾人就齐心协力，自发组建了上百人规模的护坝队,派人日夜轮流守在坝上。人们普遍担心,一旦拆坝,这次行动将徒劳无功,环保问题还是得不到解决。

当时气氛紧张到什么程度呢?苏、浙两省的省界就在界桥的中间,谈判时,江苏那边的人送国家环保总局工作人员到浙江,走到桥的中间时,前者立即撤回,由浙江这边的人等在省界另一边接应。

事情引起了中央的持续关注。"这坝为什么拆不了?"北京方面不禁要问。究竟是什么程度的污染,激起了嘉兴如此大的民愤?

"作为当时嘉兴的行政首脑,我亲眼所见的事实是,嘉兴人民长期遭受江苏盛泽的工业污水侵害,已经到了忍无可忍的地步。用筑坝断河的方式来促使问题解决,也是一个无奈之举。"在沉船断河事件发生时任嘉兴市市长的杨荣华,在 1 年后接受媒体采访时说。

忍无可忍! ——这正是当时王江泾人心情的真实写照。

王江泾和盛泽两镇,历来民俗相近、人缘相亲,你中有我、我中有你,王江泾人为什么会采取如此激烈的抗议行动?这是因为盛泽排放的污水已经直接威胁到王江泾人的生存处境!并且,这一污染侵害已经持续了 10 年之久!

事情还是源起于迅速发展起来的纺织业。自 20 世纪 80 年代末开始,两地都陆续有了不少丝织印染企业,其中印染企业对水环境污染严重。为了配套急剧膨胀的纺织产能，1993 年后，全国纺织印染企业开始向盛泽集中。吸引它们的是，其他地方对印染行业污水采取一级标准，而在盛泽却被降至二级，商人们传言"在盛泽办印染厂不需治污"。治污成本在印染行业成本中占比很大，如果严格按标准治污，企业很大几率获薄利甚至有亏损的风险。当嘉兴严格治污时，盛泽却放低了门槛，治污成本节省了，利润就变丰厚了。就这样，盛泽集聚了大量印染厂。嘉兴方面的统计数据显示，盛泽污水排放量最大时达到每年 9000 万吨。

1993 年是江苏盛泽印染业发展有史以来最迅猛的一年。当年 5 月，滚滚倾泻而来的污水，导致嘉兴北部水域 1600 亩河荡漂满白花花的死鱼。这一幕让嘉兴渔政人员顾升荣刻骨铭心。他说："那天早上，我吓呆了，白花花的死鱼挤得满满的，整个湖根本看不到水面。我开着汽艇，那不是在水上开，而是在鱼肚子上开啊！"

1995 年 4 月，被愤怒烧红了眼的 200 多名王江泾渔民挑着 6000 斤死鱼，冲进对岸的盛泽镇政府，将腥臭的死鱼倒进每个办公室，在盛泽镇政府大院中堆了座死鱼山，恶臭弥漫。

渔民们沿着被污染的河步行北上时，扁担的一头挑着死鱼，一头挑着被子，面对前来阻拦的盛泽警察，老百姓说："我们已经准备好进'号子'了！"

这次渔民总共损失了 20 万斤鱼。顾升荣的老父亲承包了一片鱼塘,将 3 个网箱的草鱼当作养老本。白发老人每天清晨 5 点钟就起来打草喂鱼,他说,带露水的草喂的鱼肥。4月 6 日早晨,网箱浮起来了,鱼塘里都是黑水! 4000 斤大鱼全都翻起肚皮浮在水面上。老人欲哭无泪。

据统计,到 1995 年,嘉兴已因水污染损失鱼 123 万公斤,鱼苗 1500 万尾,损失金额达 825 万元。嘉兴外荡 6 万亩水塘全部不能养鱼,而内荡 2 万亩养出的鱼有异味,嘉兴人不得不从 10 千米之外的太湖买鱼。

这次,王江泾渔民打定主意,不解决问题不回家。经过三天两夜露宿抗议,最后 70 位满身是泥的浙江渔民被请进了大礼堂。几经协调,对于此次污染侵害,盛泽方最后答应赔偿 200 万元。但其中 100 万元拖了 5 年没赔付,直到一次环保城市评审会议上,时任国家环保总局局长的解振华说"100万不到位,苏州评全国环保城市没戏",100 万元才终于赔付给渔民。

然而这还只是第一次矛盾激化。因为越来越严重的水污染,两个镇人民之间的对立情绪越来越严重。

嘉兴市环保局发现,太湖流入的水源在盛泽境内西部是Ⅲ类水——符合国家规定的饮用水标准,而污染后流入嘉兴的就变为劣Ⅴ类水,并且水质大大低于Ⅴ类水标准线,而劣

Ⅴ类水已经丧失水的基本使用功能，人畜不得饮用。

这是什么样的水呢？在河里洗衣，人的腿脚溃烂；用来浇菜，菜死；用来浇水稻，水稻都长不出苗。"当时上百万亩的田地失去了农业用水。"嘉兴市秀洲区环保局局长回忆说。

1998 年底国务院部署的太湖污染治理"零点行动"，让嘉兴水质有了短暂改善。当时，148 名渔民开始在嘉兴养珍珠，每人投入少则 10 万元，多则上百万元。2001 年 4 月、8 月、9 月，盛泽方面的污水又向王江泾大规模袭来 3 次，1.4 万亩池塘全部受污染，1200 万只河蚌死亡，占总数的 1/3，直接财产损失高达 5600 万元。

当时，养殖大户陈水棠已损失了 23 万元，河蚌仍以每天 2000 只的速度死亡。蒋森潮连珍珠带鱼损失 136 万元。虎啸荡丰收在望的 4 万斤鱼，只捞上来 100 多斤活鱼。从绍兴来这里养珍珠河蚌的钱小敏哀叹："4 户人家集资 200 万元借给我们，辛辛苦苦干两年，现在血本无归！"刚富裕起来的 4 户人家转眼又变成贫困户。

倾家荡产的渔民再次绝望！148 名珍珠养殖户、90 名渔业工人全部参加了筑坝断流行动。激愤的人们甚至扬言："如果这次不能治污，我们就沉 200 条船堵京杭大运河！"

而另一组数据同样触目惊心。有统计数据显示，2000 年冬季征兵，嘉兴王江泾北边 12 个村无一体检合格的应征青年。次年,嘉兴北部 8 个乡镇恶性肿瘤发病率比 5 年前上升了 28.2%。受污染最严重的田乐片有一个双塔村,这个村是盛泽污水到浙江的第一站,那 5 年内这个 1630 人的村庄有 34 名癌症患者,这些癌症患者大部分已死亡。

更为严重的是,由于被逼抽取地下水饮用,王江泾镇的地面 9 年内下降了 63 厘米。

经济损失惨重,健康恶化,生存受到威胁,人们对水污染的痛恨愈演愈烈!

面对下游的汹涌民意,盛泽印染行业的污水排放为何竟愈演愈烈? 根源在于片面追求经济效益。

"一方面是缺乏资金,另一方面就是没有环保意识,只顾发展经济。"当时在盛泽镇政府任主管环保副镇长的戴颂民说。

2001 年 10 月 2 日,时任嘉兴市市长杨荣华曾假扮成一个丝绸生意人,与 4 名部下走进盛泽的某家污染工厂,于是就有了以下对话。

杨荣华:"你们能接多少印染量? 那么多污水怎么排?"

印染厂厂长:"污水嘛,包给村里联合污水处理厂,可以消化 3000 吨。实际上我们还剩下 1 万吨污水没办法处理的。"

杨荣华:"那怎么办?"

印染厂厂长："平时这1万吨趁下雨天放放掉。"

杨市长震惊无比……

不少印染企业为了多赚钱，偷偷排设暗管，污水未经任何处理直接排放。江苏省环保厅于2001年10月30日进行了突击检查，结果是盛泽30多家有污水处理设备的厂无一达标，其中3家超标4倍。江苏省的相关报告中称："这是属于肆无忌惮的集体超标排污的严重违法行为。"

甚至于，在筑坝断河之后的11月26日，国家环保总局与媒体组织的暗访组巡查盛泽，仍有一家当地企业顶风排污。

筑坝断河事件发生后，接上级指令专门在苏、浙边界蹲点调研的时任新华社国内部副主任姜军，忆及当时的情景，忍不住感叹："那是一种掠夺，是强势企业和地区对弱势群体的掠夺和侵害。"

那5年里，盛泽经济突飞猛进，成为国内最大的印染基地，印染行业年产值达10亿元，镇财政年收入达2.2亿元。而下游的嘉兴却为其污染付出了沉重代价。古名"嘉禾"的粮仓嘉兴，本地人不再吃本地米、本地鱼。开放的湖河中没有了鱼虾，连螺蛳都消失了，十几万人生活在污水区。

污染，长达10年的污染侵害，让老百姓无法再忍，民间"零点行动"终于爆发了。

让我们再次回到筑坝断流现场。

11 月 24 日,即筑坝后第三天,协调会在嘉兴召开,由国家环保总局、水利部协调力促,江苏、浙江两省签订了《关于江苏苏州与浙江嘉兴边界水污染和水事矛盾的协调意见》。

协调意见规定:苏、浙两省应逐步落实重点企业限产、停产整改方案和达到水质目标的总量削减方案;苏州市政府应采取措施,保证出境水体高锰酸盐指数到 2002 年底达到 V 类标准,2003 年底达到 IV 类标准(经过技术处理可以作为饮用水)。

与此同时,江苏省环保厅转报了苏州市政府报送的《吴江盛泽地区水污染治理限期整改方案》。江苏方面在方案中表示,对盛泽所有的企业实行轮产,控制排污总量。在 2001 年底,江苏要完成盛泽产业结构调整方案,组织实施印染企业布局结构调整。

当然,作为回应,嘉兴应拆除截断河道的水坝。

在草签后,由于担心治污措施不能实施到位,嘉兴百姓仍继续奋力保坝抗争。由 100 多人组成的护坝队说什么也不撤。面对前来做工作的政府人员,吃尽污染苦头的老百姓心情沉痛地回应:"坝拆了,污染还是治理不好怎么办?"

为了显示诚意,盛泽方面开始迅速控制污水排放。从 11 月 27 日起,将 25 家企业分成 5 块管理,每块分成 2 组,隔日轮流生产,排污总量控制在原来的 40％左右。同时对 12 家不执行轮产、限产或超标排污的企业进行处罚并关停 7 天。

几经协调，最后在中央和苏、浙两省的共同努力下，在嘉兴干部与群众的耐心沟通下，"要相信中央"，老百姓终于做出了退让。

12 月 9 日零点，在断流半个多月后，拦在麻溪港的大坝终于被拆除。

拆坝之后，中央工作组继续协调苏、浙两省开展谈判，以从根本上解决两省交界污染问题。时任国家环保总局副局长汪纪戎风风火火赶来了。

汪纪戎精通环保相关业务，熟悉江苏的污染实情，讲话掷地有声："发展经济不能以牺牲环境为代价，你已持续生产了 10 多年了，你只想到自己经济发展，没想到下游老百姓的死活。对水污染必须立刻施行总量控制！"

盯着江苏的同志，汪纪戎提出明确要求："这样，要求不高，到 2002 年，你们日排 10 万吨，我在下游装流量计监控。"

从每天实际排污 30 万吨，到减至 10 万吨，说明了必须对整个印染产业下狠手整治。从此，盛泽的印染企业只能开 1 天休 2 天，由于治污成本过大，企业无利可图，纷纷外迁。一时间，盛泽印染企业生产减少了 2/3。

当然，这还仅仅是一个开端。

这次民间"零点行动"，在 20 世纪初、在全国范围内早早

敲响了环保警钟。在改革开放进入第三个 10 年的重要历史
关头,它以一种激烈的方式,呼唤更大范围的环保觉醒,激发
了人们对"GDP 至上""先污染后治理"等发展模式的沉痛
反思!

觉醒自这里产生,行动也自这里开始。20 多年后再次回
望 2001 年那次来自民间的呐喊,每个人都会发现,无论是对
江苏盛泽,抑或对浙江嘉兴,甚至对环太湖流域,那都是一次
具有里程碑意义的环保觉醒,也是环保漫漫征途的重要
起点。

筑坝断流事件发生后,被推诿扯皮了 10 年的苏、浙边界
污染问题终于朝着"依法治污"的方向迈进了。国家环保总
局在苏、浙边界的王江泾水域设立了 2 个水质自动监测站,每
天实时监测水质变化,数据通过卫星传输到国家环保总局和
国家环境监测总站,并每周在中央人民政府门户网站公布。
嘉兴与苏州两地建立起跨省环保协调机制——信息互通机
制、现场联合机制和解决重大污染事故苗头联合办公机制。

此后,一有污染,两地环保部门第一时间去现场协调处
理,不仅互相监督,还要追究责任人,以求发挥震慑实效。

2005 年 6 月 27 日 8 时,盛泽某酒精公司的酒精废水意
外泄漏。污染带长达 6000 米,造成约 3 万人停水 2 天。事发
1 个小时后嘉兴市和苏州市环保局正副局长、劳动监察大队

大队长全部赶到现场。5天后双方确定责任人，8月2日签订赔偿金额达210万元的协议，1周到款。1个月后，吴江市环保局副局长被撤职；3个月后，局长被撤职。

2008年，嘉兴市秀洲区环保部门获悉盛泽有一个可能产生污染的大项目要上马，之后嘉兴市政府与苏州市政府积极沟通，最后这个项目没有落地。

水质好转在应征入伍青年体检中也得到了有力验证。据嘉兴日报记者追踪报道，2000年无体检合格应征青年的王江泾12个村，到了2011年，当年就有64人体检合格。

民间"零点行动"直接推动了苏、浙两省的"环保革命"。10年之后回访盛泽时，不论是政府决策者、企业经营者，还是当地老百姓，都一致表示："要感谢嘉兴，是嘉兴老百姓的抗议让我们的环保问题早暴露、早认识、早解决。"在盛泽做生意的周先生说："我们盛泽环保监管非常严，处罚力度非常大，一旦发现企业违法，罚单一开就是两三百万元，情节严重的直接关厂。"

2001年以前，两地"排污大战"愈演愈烈；从2001年开始，两地"治污大赛"悄悄展开。苏州和嘉兴都出台了一系列环保新政，核心是通过体制机制创新，让企业从"要我治污"变为"我要治污"。

2001年后，吴江不再审批新设印染企业，积极实施产业调整,"十一五"期间,丝绸轻纺业从原来约占吴江 GDP 的 80% 下降到约占 24.4%,电子信息产业一跃成为其第一大支柱产业。

2011 年 11 月 1 日,民间"零点行动"的 10 年后,旨在加强太湖流域水资源保护和水污染防治的《太湖流域管理条例》正式付诸实施,明确要求建立上下游生态补偿机制。苏、浙边界的水环境治理有了更严格的法律金箍,嘉兴与苏州也建立起跨省联合治污的长效机制。

事实证明,环保和发展并非相克,而是可以做到相生的。盛泽的盛虹集团有限公司如今已是亚洲最大的印染企业之一,每年总投入的 40% 用于环保,其开发的双膜处理中水回用技术,使每升废水中的化学需氧量(COD)浓度由 1000 毫克降到了 10 毫克以下,经双膜处理后的回用水水质优于自来水,用于高端产品的蒸白工序上。这项技术不仅减少了排污量,还将产品附加值提高了 10%。

"环保搞不好,要么被群众冲掉,要么被整治掉。"盛虹集团有限公司负责人说,"以前虽然治污成本低,但整天担惊受怕,心里没底。现在我们环保不仅做到位,而且比国家标准还严格。印染行业的'环保门槛'抬得越高,我越有竞争力。"

放眼全国,2001 年以后,人民群众对环保的诉求也越来越强烈。生态环境保护逐渐成为全社会的共同追求,生态文明建设在党的十八大后正式成为国家战略部署。当然，这些都还是后话。回望 20 年前，王江泾人以巨大的生存勇气和抗争精神，以轰动全国的民间"零点行动"，就此轰然撞开了一个新纪元的大门……

发展与环境的辩证法

几年之后，当陈永明回到家乡时，他痛心地发现，村前屋后的水不知何时变脏变臭了。记忆中的梦里水乡消失了，眼前的村庄污水横流，水面上经常漂浮着翻着白肚皮的鱼，不时传来阵阵腥臭。

王江泾古塘村的陈永明,曾参加 2001 年 11 月 22 日那场著名的民间"零点行动",用实际行动抗议上游盛泽的污水排放。

那一晚,麻溪港边紧张万分,苏、浙交界处矛盾一触即发。曾当过兵的陈永明带着几十个壮劳力,专门负责巡逻警戒。他们在手臂上缠了红布条,拿着各种"家伙什",目光炯炯地紧盯着江苏方面的动静,为其他人筑坝断河保驾护航。

"抗议污染,我第一个要去!"此前,陈永明听到消息时,情绪激动,马上要求参加行动。眼看着村里的水变得越来越差,陈永明早已十分痛心。

古塘村是个典型的浙北平原水乡村落,一条名叫沈家浜的河道从村里蜿蜒流过,村里水路四通八达,村里人家大多沿河而居。陈永明在 20 世纪 90 年代初去部队当兵服役,离开古塘村时,村里还是一派水波荡漾、鱼跃蛙鸣的水乡景象。在外几年,陈永明总是难忘这梦里水乡。

在记忆中的那个温柔水乡里,清澈的河水静静流淌,成群的鱼虾自在游弋。水乡人家靠水吃水,生活用水直接从河道里挑，妇女们每天都要到河边淘米洗菜。由于水网密布，水质又好，这一带还特产螺蛳青鱼。青鱼都吃活螺蛳，长得个头特别大，肉质格外肥美。每到春节前后，家家户户制作青鱼干，它也成了远近闻名的特产美食。王江泾的水美，孕育了"中国青鱼之乡"，孕育了江南水乡的富庶祥和。

然而，几年之后，当陈永明回到家乡时，他痛心地发现，村前屋后的水不知何时变脏变臭了。记忆中的梦里水乡消失了，眼前的村庄污水横流，水面上经常漂浮着翻着白肚皮的鱼，不时传来阵阵腥臭。

王江泾人赖以生存的水，为什么会被严重污染？一开始，盛泽排过来的污水是罪魁祸首。因此，陈永明和大家一起，毅然组织民间"零点行动"，表示强烈抗议。

民间"零点行动"之后，上游来水的水质有了明显好转。可是没过多久，王江泾人就发现，自身污染也越来越严重，水质还在继续恶化。

这次，污染元凶又是谁呢？几乎所有人都心知肚明，是这几年越来越多的喷水织机。家家户户都使用喷水织机，产生了大量乳白色的废水，未经任何处理就直接排到附近河道、沟渠和农田里，严重污染了周边环境！

王江泾的纺织业，并非从一开始就污染环境。水污染的突然加剧，跟织机工艺的更新换代密切相关。在王江泾经久不绝的万户机杼声中，几乎男女老少都能对织机的几次更新换代如数家珍。

明、清时的织机是手拉织机，也称射梭机。织工双手左右开弓，通过循环往复射梭子来完成织布。这种纯手工织机织出的布，门幅约 63 厘米，射梭机每分钟纬速仅 20 梭左右，每人每天只能织出两三米布。

到 1931 年以后，市场上出现了改良后的拽梭机（也称龙头木机），织布门幅加宽到了 90 厘米，一人一天能织绸四五米，绸缎上还能织出多种花纹。

20 世纪 40 年代中期，织机户逐步改良普通木机，用脚踏手拉的方式，双脚一上一下踩着踏板，双手快速地抛着梭子，如此在没有使用电力的情况下，也能织出比较高档的丝绸面料，产量也大为提高，每台脚踏手拉式木机每天可织丝绸 10 多米。织机户降低了成本，提高了效益。当时，双桥乡、南汇乡等地有 2100 多台绸机，每年生产 100 多万匹绸缎。

到 20 世纪 60 年代以后，王江泾开始采用电动织机，境内社队丝织企业开始使用从国营企业淘汰下来的铁木丝织机和全铁丝织机，从而结束了完全依靠人力织绸的历史。至改革开放后，嘉兴绸厂开始使用当时较为先进的剑杆织机，以后这种织机被逐渐推广至农民家庭织机户中。剑杆织机织布效率更高，所产布匹质量也更好。1988 年，嘉兴市第二绸厂的 8 台新机器年产丝绒产品约 5 万米,产值约 40 万元,利润约 5 万元,产品出口到苏联、东欧等国家和地区。

从传统手工业到现代工业,王江泾织机不断更新换代,技术一次次升级,织机户效益越来越好。正如马克思《资本论》所指出的那样,受超额利润的驱动,人们必然会不断改进生产技术,改善经营管理,降低生产成本,提高经济效益。

从最传统的手拉织机到剑杆织机,纺织业对生态环境都还没有产生显著负面影响。而到 20 世纪 90 年代,随着喷水织机的投入使用并迅速大范围普及,环境污染的"潘多拉魔盒"就此打开……

从生产效率来说,喷水织机可以说是革命性的,比有梭织机的效率提高了好多倍。正是领先于全国的"无梭化改造",为王江泾带来"全国织造名镇"的荣耀,为王江泾人带来源源不断的财富。

然而,发展的荣耀背后,环境污染的隐痛已如影随形,愈演愈烈。

让我们再次把视线聚焦于喷水织机。它采用喷射水柱牵引纬纱穿越梭口,转速高达每分钟 700 转,一天能织出 300 多米布。但是,喷水织机耗电量很大,一台功率为 2.2 千瓦的喷水织机,再加上储纬器、吸水设备等辅助设备,24 小时运转下来耗电 100 度左右,是名副其实的高耗能。而更为人所瞩目的是它的高污染,上过浆的纱料被水冲洗后,化学浆料被水冲下来,形成废水。每台喷水织机每天正常运转会排放废水约 2.5 吨。2004 年时,王江泾镇已有喷水织机 2.3 万多台,而秀洲区"北部三镇"(王江泾、油车港、新塍)喷水织机总量已超过 3 万台。当时,秀洲区环保局统计,全区喷水织机年排放废水达 2000 万吨。

这些喷水织机大部分分布在织机散户家里,一家少则三五台,多则几十上百台。由于当时百姓的环保意识薄弱,并且废水处理高昂的成本会大幅压缩织机户盈利空间,绝大部分废水都是直排河浜、沟渠和农田,对周边水环境和生产生活环境都造成很大污染。喷水织机的废水为乳白色,导致原本密布的河流都变成一条条化学需氧量严重超标的"牛奶河"。而由于废水中还带有织机上用的机油,天长日久,很多河面上又漂浮着一层厚厚的油污,这就造就了"奶油河"。再加上印染企业排放污水导致的"黑臭河""垃圾河",以至于在水乡王江泾竟再也难寻一条清澈的河流。

大运河旁的水乡重镇王江泾,自古因水而生,因水而美,因水而兴。整个镇域总面积 127.3 平方千米,其中水域面积达 27 平方千米。千年大运河缓缓流过,河网湖荡纵横交错,孕育了这一个物阜民丰的鱼米之乡,成就了这一座繁华富庶的工商重镇,绘就了这一派十里荷香的旖旎风光,滋养了这一带网船集会的民俗风情，更泽佑了这一方勤劳智慧的百姓人家。水，是生命之源，是大自然赐予王江泾人的宝贵财富，滋润着王江泾人的血脉灵魂。而现在，水却让生活在这方土地上的人们充满焦虑。曾经因水而兴的土地，现在却日夜因水而忧。王江泾荷花飘香、鱼肥水美的江南水乡风光不复存在。

"古塘村污染最严重时，鸡在河里走，鸭子不会游泳！"陈永明痛心地说。因为穿村而过的沈家浜沿河两岸分布着300多台喷水织机，这些织机昼夜不息地运转，乳白色的污水就从各家各户直接排到河道里，时间长了，沈家浜污水横流，淤泥堆积，垃圾遍地，水里早已不见了鱼虾，鸡可以直接从河床上走过，鸭子反而根本下不了水。

这一带曾因清水螺蛳、螺蛳青鱼等水乡特产而闻名，现在，河里的螺蛳吃起来都是满嘴柴油味，鱼虾也渐渐没有人吃了。沿河人家世世代代习惯饮用河水，过去摇船去盛泽，渴了就直接趴船舷上喝水。一些上了年纪的人还是习惯从河里挑水，放点明矾沉淀一下就直接当作生活用水，可没几年，人们惊恐地发现，水污染最严重的地方，肿瘤发病率明显高于别处。

河里的水不能喝了，王江泾人只能被迫大量开采地下水。不少企业和家庭纷纷打深井抽地下水，一开始打井几十米，后来打到130米还取不到水。短短数年间，王江泾地面就出现了严重沉降,沉降累计达到 1205 毫米。一个最直观的例子是,王江泾人记忆中的长虹桥轮船码头,这些年竟然已沉到了水下!始建于明朝的长虹桥,横跨在大运河之上,如长虹卧波,是嘉兴境内最大的石拱桥,历来是大运河入浙北后的一大盛景。过去,从嘉兴坐轮船到王江泾,下船的地方,就是长虹桥西桥塊的轮船码头。然而 20 世纪 90 年代后,由于地面沉降,这个码头逐渐沉到了水下。如今,连桥上的桥联也已有一半没到了水里。

恩格斯曾说:"我们不要过分陶醉于我们人类对自然界的胜利。对于每一次这样的胜利,自然界都对我们进行报复。"(《自然辩证法》)水乡无好水,不仅严重影响水乡风貌,甚至已直接威胁到老百姓的生活和生存环境。农户与企业之间、邻里之间的矛盾日趋严重,因污染而起的纠纷、抗议声不断。

王江泾的生态环境污染之痛,自盛泽排污事件开始爆发。2001 年民间"零点行动"后,外来污水得到控制,偶有反弹。当外来污水被逐渐遏制后,面对还在持续恶化的水环境,王江泾人沉痛地发出了时代之问:发展和生态环境孰轻孰重?追求发展就注定要牺牲生态环境?发展和生态环境保护到底能否兼得?

而事实上,发展与环境的辩证难题,不单单是王江泾人遭遇的困境,也是当时整个中国面临的难解困局。

第 章

"绿水青山保卫战"

而早在 21 世纪之初，这一理念就已经在浙江萌发、落地、生根……也就在那个时候，深陷水污染之困的织造名镇王江泾，正式打响了"绿水青山保卫战"！

自 20 世纪六七十年代过来的中国人,很多都尝过饿肚子的滋味,物资短缺的生活太窘迫,贫困的记忆太深刻,脱贫致富成为人们心底最强烈的渴望。因此,当改革开放打破了计划经济体制的束缚,当人们开始见识到市场的力量,蕴含于民间的巨大创业创富激情被迅速充分释放。很长时间以来,全国人民聚精会神搞建设、一心一意谋发展,共同创造了举世瞩目的经济奇迹。改革开放 40 多年来,我国从集体贫穷到生活温饱,再到奔向全面小康,如此伟大的发展成就,令世界刮目相看、啧啧赞叹!

但是在 21 世纪的最初 10 年,基本相当于改革开放的第 3 个 10 年,在令人惊叹的高速发展下,瓶颈和困局也随之而来。特别是经济具有先发优势的浙江,在收获改革开放丰厚红利的同时,也率先遭遇了"成长的烦恼":过去依靠"高投入、高消耗、高排放"换取产能急剧扩张的发展模式已越来越难以为继,今后靠什么持续发展?资源匮乏的成长瓶颈如何突破?尤其是人民群众越来越关注生态环境保护问题,我们的生态环境能不能走出"污染—发展—再污染"的怪圈?

对 21 世纪之初的浙江而言，"成长的烦恼"已日渐成为阻挡在前的"一座陡峭的山"，发展的阵痛已越来越剧烈且频繁。那些年，"高投入、高消耗、高污染、低效益"增长方式带来的问题几乎集中爆发。

2001 年，作为中国织造名镇的王江泾，爆发了抗议盛泽水污染的民间"零点行动"，牵涉苏、浙两省，震动中央。

也是在 2001 年，在温州泰顺中级人民法院开庭审理的硅肺损害案吸引了国内各大媒体的目光。这起案件的原告是泰顺县 143 名身患硅肺病的外来务工人员。他们跟随当地几个私营企业主到东北开凿高速公路隧道，企业却没有对他们采取起码的劳动安全防护措施，致使他们吸入过量二氧化硅，患上了硅肺病。此前，已有 10 条生命因硅肺病而逝去。

2002 年 12 月，新华社发布了调查稿件《"五金之乡"轧断多少手指？》，披露在被称为"中国五金之乡"的永康市，那年已发生手指断离或手掌残损等严重手外伤事故近千起。人们震惊地追问：永康五金产业一年究竟"吃掉"了多少根外来务工人员的手指？

浙江省域"七山一水二分田"，这"一水"，却成为环境污染的重灾区。很多地方像王江泾一样，遭遇着"水乡缺水"的困局。

"中国皮都"平阳县水头镇，因皮革加工制造业发财的千万富豪甚至亿万富豪不计其数,但平日许多人家大门紧闭,因为虽然屋里像皇宫,屋外却像地狱,河水时时散发着死尸般的恶臭。日排放量 8 万吨的工业污水,将鳌江(浙江八大水系之一)的水头镇段彻底毁了。浙江环保联合检查组的监测报告显示,1995 年之后,鳌江全流域水质已沦为劣 V 类,河流基本失去功能。

《2003 年浙江省环境状况公报》显示,当时浙江八大水系,除了瓯江、飞云江以外,其余六大水系都存在不同程度的水环境污染,污染主要源自化工、医药、制革、印染、味精、水泥、冶炼、造纸等重污染行业。

在浙江水污染重灾区,当时流传着一则苦涩的段子:每当环保部门到一地检查工作,官员们全部自带饮用水。只有被告知水来自深井水时,大家才一阵痛饮。

2004 年,《浙江 GDP 增长过程中的代价分析》发布,首次全方位展示 GDP 高增长背后的高昂代价,得出结论:当增长"弓张弦满",付出的代价已经无法承受。

焦虑、惶恐甚至绝望的重压之下,只有抗争。

钱塘江畔萧山南阳镇坞里村的农妇韦东英,因为数年如一日坚持举报"杀人犯"——非法排污企业而出名。她家门前的南阳化工园里共有 26 家企业,年产值约 10 亿元,镇上的干部曾说这将给南阳带来"致富的希望"。可是不久之后,韦东英发现：空气开始变得浑浊，老是飘着刺鼻的怪味；钱塘江水黑了，有时和酱油汤似的；江边或明或暗的排污管整日浊流翻滚，鱼虾渐渐不见了。最可怕的是，自化工园开建后，不到 2000 人的坞里村，竟有 60 多位村民莫名其妙接连死于癌症。农妇韦东英执拗地开始了数年如一日的举报，从镇、区、市、省直到国家环保总局，她在 1000 多个日夜里积累了 5 斤多重的证据资料、一编织袋的污水取样瓶，终于在 2007 年，她等到了政府回复：有关部门决定，在 2007 年底，南阳化工园内企业全部关停转迁。

水污染、断指、硅肺病……种种矛盾的密集爆发，实际上暴露出一个令人忧虑的事实：长期以来，相当多民营企业惊人的发展速度，并非建立于技术进步、产品创新等"向上的力量"之上，而是依赖于低工资、低档化、高消耗、高污染，靠的是千方百计降低一点一滴的成本。而当环境容量迫近极限，"人口红利"逐渐消退，"拉闸限电"渐成常态，群众的环保、法治意识日渐增强时，问题开始浮出水面——传统发展路径已越来越难以为继。

来自浙江权威部门的数据也为此做出了有力支撑：2003 年是浙江改革开放史上经济增长的标杆之年。当年，全省的废水排放总量达 27.03 亿吨，工业废气排放总量为 10432 亿标准立方米，工业固体废物产生量为 1976 万吨，分别比 1990

年陡增 84.8%、约 3 倍和约 1.3 倍。

生存面临威胁,农妇韦东英背水一战,成为环保的"孤胆英雄"。王江泾约 300 名农民筑坝断河,成为民间抗议跨界污染的"三百勇士"。他们最终成功了,但要解决由发展模式偏失造成的普遍污染问题,不能单靠"孤胆英雄""三百勇士"们去战斗,我们需要壮士断腕、自我革命的巨大勇气。我们的发展理念需要一场自上而下、全面深刻的变革! 我们的发展观、财富观、政绩观已经到了必须改变的时候!

只是,在多年狂飙突进的高速发展惯性之下,一些地方政府的 GDP 冲动一时仍难以遏制,一些企业的逐利狂热一时也难以降温。很长时间以来,一些似是而非的说法还颇有市场,比如环境污染"不可避免论",其依据即所谓"环境库兹涅茨曲线"假说。根据这一假说,一方面,经济增长意味着更大规模的经济活动,将带来更多的污染排放,因而对环境质量产生负的规模效应;另一方面,经济增长通过清洁能源与新技术的应用、产业结构的优化升级等,对环境质量产生正向影响。一般规律是,环境质量与经济增长之间形成倒 U 形曲线关系,即环境会随着经济增长呈先恶化再改善的趋势。

"先污染后治理""边污染边治理""发展经济必须先暂时牺牲环境"等观点,仍甚嚣尘上。很多人还坚持认为,这般令人酸楚甚至令人流血流泪的生态环境代价,实属难以逾越的阶段性无奈——种种发展观念的迷雾，亟须廓清！

所幸，恰在这个重要的历史关头，我们听到了来自决策层坚定而清醒的声音。浙江迎来了改革开放史上转型发展的关键一跃。

2003 年 7 月 10 日，在西子湖畔的浙江省人民大会堂，9 个月前刚从福建调任浙江工作的习近平，在中共浙江省委十一届四次全体（扩大）会议上，代表省委全面系统提出了事关浙江未来发展的"八八战略"，概括了改革开放以来浙江发展的"八个优势"，提出了面向未来发展的"八项举措"。"八八战略"是新旧动能转换关键时期引领浙江全局走向的重要战略构想，是引领浙江发展、推进浙江各项工作的总纲领和总方略。

其中，第三条直面浙江制造"成长的烦恼"，具有极强的针对性——"进一步发挥浙江的块状特色产业优势，加快先进制造业基地建设，走新型工业化道路"。

第五条则坚定地高举生态文明大旗，引领浙江率先走进生态文明时代——"进一步发挥浙江的生态优势，创建生态省，打造'绿色浙江'"。

从踏上浙江这片土地的那一刻起，习近平就关注生态环境保护、心系绿色发展。在大量扎实的调研考察过程中，针对当前最突出的产业转型升级、粗放型生长痼疾等问题，他

鞭辟入里地做出了许多重要论断和指示。2002 年 11 月 1
日,在一次省政府常务会议上,刚来浙江不到 1 个月的代省长
习近平在审议《浙江省大气污染防治条例(草案)》时表示,治
理大气污染,保护生态环境,功在当代、利在千秋,标准怎么
定都应该,花再大代价也值得。

在浙江工作期间,习近平特别关心生态环境保护,可以
说是一路走、一路讲,在省内讲,在省外讲,到国外考察时
也讲。

他明确提出,在经济发展与环境冲突时,"**必须懂得机会
成本,善于选择,学会扬弃,做到有所为、有所不为,坚定不移
地落实科学发展观,建设人与自然和谐相处的资源节约型、
环境友好型社会**"(《之江新语》2005 年 8 月 24 日)。

习近平说:"发展不能竭泽而渔,断送了子孙的后路。粗
放型增长的路子,'好日子先过',资源环境将难以支撑,子孙
后代也难以为继。"(2004 年 12 月 28 日在浙江省政协九届九
次常委会会议上的讲话)"再走'高投入、高消耗、高污染'的
粗放经营老路,国家政策不允许,资源环境不允许,人民群众
也不答应。"(2005 年 8 月 17 日在浙江省经济工作电视电话
会议上的讲话)

习近平说:"以最小的资源环境代价谋求经济、社会最大
限度的发展,以最小的社会、经济成本保护资源和环境,走上

一条科技先导型、资源节约型、生态保护型的经济发展之路。"（《之江新语》2004 年 12 月 16 日）

2003 年 6 月，习近平主持召开浙江省第十届人民代表大会常务委员会第四次会议，通过了关于建设生态省的决定。决定提出，要紧紧抓住 21 世纪头 20 年的重要战略机遇期，把浙江建设成为具有比较发达的生态经济、优美的生态环境、和谐的生态家园、繁荣的生态文化、人与自然和谐相处的现代化省份。

整个浙江都行动起来了！省委、省政府自上而下，部署了系列"生态大工程"——"811"环境污染整治行动、"千村示范、万村整治"工程、发展循环经济"991 行动计划"……

为在实际工作中切实改变"GDP 至上"的发展观和政绩观，浙江很快启动了"绿色 GDP"考核体系的设计。2004 年，浙江在统计体系中就已经引入万元产值主要原材料消耗、万元产值能源消耗、万元产值水资源消耗、万元产值"三废"排放总量等四大新指标。

时任淳安县委书记郑荣胜说，当时的淳安，坐拥千岛湖的良好生态，却是欠发达县，干部群众发展经济愿望十分强烈，出现了一些急躁情绪。习近平在浙江期间，20 多次到淳安调研，告诫当地干部："只重视经济发展，不重视生态建设的领导不是好领导，淳安必须走保护先行之路""保护好千岛湖,也是淳安最重要的政绩""既要经济指标的 GDP,又要绿色的 GDP"。

2005 年 8 月 15 日,习近平来到安吉天荒坪镇的余村调研。在这里,习近平首次明确提出"绿水青山就是金山银山"科学理念。12 年后的 2017 年,习近平总书记在联合国日内瓦总部发表演讲时说:"我们不能吃祖宗饭、断子孙路,用破坏性方式搞发展。绿水青山就是金山银山。我们应该遵循天人合一、道法自然的理念,寻求永续发展之路。"

"绿水青山就是金山银山"这一生态文明的"绿色宣言"已响彻神州、传遍世界,它在全国掀起了一场生态文明建设的伟大实践。而早在 21 世纪之初,这一理念就已经在浙江萌发、落地、生根……也就在那个时候,深陷水污染之困的织造名镇王江泾,正式打响了"绿水青山保卫战"!

治水组合拳

面对翻滚着白沫黑水的臭水浜，面对水乡无水可喝的窘境，面对老百姓对生态环境保护的强烈诉求，王江泾对喷水织机污染挥出了治理的重拳。

英国的泰晤士河,曾经因为工业污染,被称为欧洲的臭水沟,治理污染历时 150 多年。美国洛杉矶,从 20 世纪 40 年代开始受光化学烟雾困扰,治理 60 多年,到 21 世纪初才基本打赢这场"蓝天保卫战"……发达国家在工业化进程中,已经留下了许多有关生态环境污染的惨痛教训。

而回溯时光,改革开放让古老中国在短短几十年间走完了许多发达国家上百年走过的工业化之路,也遭遇了由此带来的大部分问题。发达国家上百年工业化过程中分阶段出现的环境问题,在我国改革开放 40 多年里集中出现。就像一条沉默多年的江河,奔涌出活力四射的磅礴气象,也翻卷起沉渣淤泥;呈现了波澜壮阔的发展前景,也潜伏着暗流涌动的生态危机。

是走发达国家的老路,付出惨重的环保代价后再治理,还是主动反思和探索可持续发展的绿色路径?"绿水青山就是金山银山!"征途漫漫,陡峭崎岖,而唯有如此,才更彰显萌发于 21 世纪初这一战略思维的前瞻性与深刻性。

也就在 21 世纪之初,深陷水污染之困的织造名镇王江泾,正式打响了"绿水青山保卫战"!

2004年12月17日,秀洲区召开全区水环境治理污染整治动员大会,把喷水织机废水污染治理列入重点治理对象。一场长达十几年的水环境治污攻坚战打响了,一场经济发展方式的根本性变革启动了,从工业文明向生态文明的艰难转型就此开启……

理念既明,方向既定,行动便刻不容缓,而且,必须是持之以恒,薪火相传,咬定青山不放松!

面对翻滚着白沫黑水的臭水浜,面对水乡无水可喝的窘境,面对老百姓对生态环境保护的强烈诉求,王江泾对喷水织机污染挥出了治理的重拳。"污染在水里,根子在岸上!"根据嘉兴市、秀洲区两级的统一部署,王江泾治水第一步就是"截污纳管",即建设和改造排污单位的污水管道,将其就近接入敷设在道路下的污水管道系统,污水可转输至污水处理站进行集中处理,并采取"先大户后小户、先集中后分散"的模式实施治理。

按照"谁污染、谁治理"的原则,2005年,在喷水织机相对集中的区域(田乐、市泾、大坝、荷花),由企业集资建造集中污水处理站;2006年,对民主村、丝织园区实施政府投资集中建站试点,督促规模较大的企业单建或联建污水处理厂(设施),同时向附近喷水织机散户辐射,收集这些散户的污水进行集中处理。

到 2007 年底,王江泾共建造 6 处喷水织机污水集中处理站,日处理能力 2.35 万吨,全镇 50 台以上喷水织机基本得到有效治理,水污染治理取得阶段性成果。秀洲区"北部三镇"共建成污水处理厂(设施)67 个(套),治理喷水织机约 1.3 万台,每天可减少 3.3 万多吨废水的排放。部分企业还实现了治理后废水回用。

在完成对大户的集中治理后,2008 年 7 月,秀洲区立即部署开展针对散户喷水织机的整治方案。根据该方案,秀洲区环保局作为全区散户喷水织机综合整治工作的行政执法责任部门,通过集中建站、适度规模联建、集中建设标准厂房、大户带小户、单建设施、限期淘汰等 6 种整治模式,分 4 个阶段对散户喷水织机展开全面治理。

对散户织机进行污染整治,比大户集中建污水处理站更难。当时,秀洲区全区拥有 10 台以下喷水织机的散户共有 3283 户,喷水织机总计 17803 台,面广量大,整治难度很大,而其中 1 万多台都集中在王江泾。据测算,当时每台喷水织机的污水整治设备的成本在 800 元到 1200 元之间。由于散户大多生产规模小、工艺简单,产品附加值低、市场销路不好,原本利润空间就小,如果还要加上污水治理设施的成本,他们就可能赚不到钱。

要治理污水,喷水织机散户无法承受由此带来的经济压力;如果不治理,环境污染加剧。为此,政府部门选择了折中的方案:一个办法是实行以村为单位的统一规划,鼓励喷水织机散户向有污水处理设施的村级纺织区域集中。这样一来,几十台喷水织机可共建一套污水整治设备,铺设统一管网,从而大幅降低分摊成本。另外一个办法就是实施以奖代补措施,支持和鼓励没有条件集中的散户自己上污水处理设施。

此外,秀洲区政府还大力提倡购买使用对环境无污染、生产效率高、生产的产品附加值高的喷气织机来代替喷水织机,加速产业转型升级,并为此出台专门的鼓励措施:对购买使用无污染的喷气织机的纺织企业,政府按设备金额的1%到3%给予补助;对购买喷气织机的企业免征进口税。

实际上,2008年7月这一轮针对散户喷水织机开展的治理并非无的放矢,对时机的把握可谓相当精确。2008年金融危机期间,喷水织机的行情一度急转直下,同时又正值"两分两换"工程实施和农房改造集聚的契机。借此双重契机,在整治中顺势实行以奖代补措施:对实行集中建站整治的相关企业或个体工商户,发放每台喷水织机1000元的奖励;对实行联建整治和实行限期永久淘汰喷水织机的相关企业或个体工商户,发放每台喷水织机500元的奖励。这轮行动一举淘汰 6000 多台喷水织机,政策收效良好。

到 2013 年底,王江泾镇共有喷水织机 51025 台,涉及企业和个体工商户共 2265 家(户),已建设喷水织机污水处理站 18 座,建设收集管网 180 多千米,入网 41000 台;较大规模企业自行处理 5000 台,有 25% 的企业实施废水回用。全镇入网集中治理率与稳定达标排放率达到 90%。

这个时期,"生态文明"正引领整个中国大踏步走上绿色发展大道。特别是 2012 年 11 月,党的十八大召开,将生态文明建设提到前所未有的战略高度,不仅在全面建成小康社会的目标中对生态文明建设提出明确要求,而且将其与经济建设、政治建设、文化建设、社会建设一起纳入社会主义现代化建设"五位一体"的总体布局。这标志着我们党对社会发展规律和生态文明建设重要性的认识达到了新的高度。

时光荏苒,从 21 世纪之初习近平在浙江亲自部署推动生态省建设,提出"绿水青山就是金山银山"理念,至此已 10 多年。10 多年来,战略持续接力,浙江历届省委坚持走绿色发展之路不动摇,从绿色浙江、生态省、美丽浙江到"两美"浙江的战略部署,生态文明建设一脉相承、层层递进。

浙江生态文明建设举措层层加码。"千村示范、万村整治"工程展开浙江美丽乡村建设的宏伟篇章,成为建设"美丽中国"的一个精致标本。"811"环境污染整治行动和发展循环经济"991 行动",有效遏制了全省环境污染和生态破坏的趋势。"五水共治"、"三改一拆"、"四换三名"、"亩产论英雄"、小城镇环境综合整治、美丽城镇建设……"组合拳"效应叠加,不断显现威力,推动发展方式转变和生态文明建设互促共进。

在席卷全省的生态文明建设中,王江泾喷水织机污染治理在备受关注中层层推进。这个工业重镇,因为拥有较大的水域面积和纺织业总量,也成为嘉兴的治水重镇。多年来,王江泾镇不断探索,寻找科学治水与发展的新路径,奏响了一首工业重镇的治水变奏曲。

2012—2014 年,王江泾累计投入约 1.4 亿元,累计建成污水处理站 20 个,铺设管网 240 多千米。以太平污水处理站为例:这个污水处理站收集 23 家企业 5500 台喷水织机产生的工业污水及园区内全部生活污水。调节池内,污水正源源不断地流入,经过物化和生化处理后,流出的清水送往企业,100%实现中水回用。

历时 10 年,历经 3 轮喷水织机污染治理,到 2014 年 9 月底,王江泾对 1799 户 51069 台喷水织机的废水实现全收集、全处理。剩下无法入网的 4087 台喷水织机,则坚决淘汰。"尽管淘汰织机会影响我们的生产总值,但我们绝不要带污染的 GDP。"王江泾人说。

　　喷水织机的污水"应纳尽纳",全部收集进污水管网。在解决了主要污染源的基础上,王江泾对辖区内的水环境开展系统的科学治理。结合"五水共治"、"三改一拆"、畜禽养殖污染治理等统一行动,王江泾又打出"组合拳",通过水质实时监测、河道清淤、两岸整治、生态修复、环保执法等综合措施来改善水源水质。

　　一条条河道水浜,在一轮又一轮的综合治理中逐渐变清变美。

　　南汇村村河虎啸浜曾污染严重,在浙江卫视《浙江新闻联播》大型新闻行动"寻找可游泳的河"中被曝光。当时走进南汇村,虎啸浜蜿蜒而过,岸边住了 50 多户人家,每户人家都有 5—10 台喷水织机,织布声不绝于耳。由于这些都是村里的散户,在第一轮喷水织机整治中,他们的织机并未被接入污水管网,几百台喷水织机的废水全部直接排进虎啸浜,十几年污染下来,虎啸浜早就成了一条污秽不堪的"黑臭河",村里连地下八九米的深井水都完全不能喝。南汇村村支书陈兴荣回忆,那几年矛盾闹得厉害的时候,气愤的村民跟织机老板还三天两头动手。经过整治后,虎啸浜沿岸散户织机都接入了污水管网,主要污染源得以清理。

　　2013 年 7 月 24 日,时任嘉兴市委副书记、代市长肖培生来到虎啸浜,看到的是一派铁腕治水的场景。大型机械轰鸣运作，几十个工人正站在齐腰深的污黑淤泥中，对河道进行清淤。

此后经过几年综合整治，虎啸浜完全变了模样，水清了，岸绿了，鱼虾又出现了。

像这样的"黑臭河"，过去在王江泾随处可见。在治水行动中，王江泾对辖区内 90 条"黑臭河"全部集中治理，"清三河"共计约 93 千米，一条条"黑臭河"变清了。

在多年治水过程中，"政府为主导、企业为主体、全民共参与"的治水"大格局"逐渐形成，王江泾人打响了全民治水攻坚战。

全镇大大小小的河道，条条河道有河长，实现了"河长制"全覆盖。"有污染，找河长。"河长要做到对各类投诉举报"件件受理、事事回应"，成为长效机制中的"牛鼻子"。除了党政领导干部担任河长，很多社会人士也乐当志愿者。

每户村民也都要守好自己的家庭治污"责任田"。每户人家房前屋后及邻近的河道为治污"责任田"，包干负责，废水必须处理后再排入生活污水总管网，自家门前屋后做好环境整治、杂物整理。"守好门前一河水"——村民朱颐坤家门口的白墙上刷了这句标语。村民从"要我治水"变为"我要治水"，村里小河逐渐重现涓涓清流。

108 名责任心强、热心公益事业、有威信的老党员、老干部、老技术员，义务担当"五水共治"社会监督员。他们被分到 6 个片区，共成立 36 个监督小组，成为水环境的"啄木鸟"，哪里有问题就出现在哪里，及时巡查、监督。

政府引导、群众参与的治水机制，也带动了许多企业家积极参与治水。"参与'五水共治'，是我们企业的应尽义务和社会责任！"嘉兴市艺达印染有限公司负责人陆福林说。他是一名来自江苏吴江的新居民，2014 年，他为"五水共治"捐款 8 万元。他还主动认领了企业附近的虹阳市河，承诺每年出资 5 万元，用于河道的长效保洁和管理。

同时期内，王江泾共有 13 家企业认领了周边的河道保洁、河岸绿化及维护等相关整治工作。另外，还有 28 家企业将"五水共治"相关内容列入厂规厂纪，引导企业职工养成良好卫生习惯，增强他们治水的责任意识。

对于那些还胆敢偷设暗管、偷排污水的企业，政府加大了检查、处罚力度，重点解决"违法成本低、守法成本高"的问题。2011 年，秀洲区开始了一项环保专项执法检查——"清水行动"，重点针对"北部三镇"拥有喷水织机的企业和大户。截至 2012 年 3 月，秀洲区、王江泾镇两级环保部门共出动 3800 多人次，检查拥有喷水织机的企业和个体工商户 1600 多次，共立案查处各类环保违法行为 143 起，累计罚款 250 多万元，发出停产整治决定书 2 张，严厉打击了喷水织机企业和个体工商户的违法排污行为。

数万双眼睛紧盯着大小河道，时刻监测水质变化。从"河长制"到"长治河"，从单条河流的线性治理到流域的网格化治理，一张由河长领衔、各方联动、全民治水的"互联网"逐渐形成。

2014年上半年，在秀洲区及各镇跨行政区域河流交接断面水质考核中，向来"水质差"的王江泾居然拿到了全区唯一的优秀。

"这个优秀看似不可能，但是我们确实做到了。这得益于我们锲而不舍的'治水精神'和科学的治水良策！"时任王江泾镇治水办副主任郁海华说。

过去的"污染重镇"，其治水成效备受瞩目。当年度，王江泾入选了2014"治水美镇·浙江样本"50强。

第 章

纺织业"红海之战"

面对越来越残酷的"红海之战"和越来越高的"绿色壁垒",喷水织机将何去何从?传统纺织产业应如何脱胎换骨?王江泾人正站在十字路口,必须做出艰难的抉择。

"还我血汗钱!"

"拖欠工资可耻,请政府为我做主!"

"欠债还钱,天经地义!"

2012 年 8 月 30 日,在王江泾的秀洲中国纺织科技工业园的主干道闻川路一侧,上千名工人聚集在浙江明效丰汇控股集团有限公司(以下简称明效丰汇)门外,高举标语,愤怒讨薪。

工人们已经持续好几天在公司门外讨薪了。此刻,明效丰汇依旧大门紧闭,几十名警察在这里维护秩序,以防矛盾激化。

曾几何时,明效丰汇风光无限,与元丰纺织、鸣业纺织等8 家企业一起被称为"八大金刚",享誉一方。那些年,明效丰汇扩张很快,投资开发 518 亩创办的明效丰汇工业园,已成为嘉兴市级 16 家工业园之一,明效丰汇俨然成为地方龙头企业。谁也想不到,短时间内,这个"霸主"会轰然倒塌! 就在不久前,明效丰汇已启动破产程序,工厂全面停工。

听闻破产消息,工人、供应商急忙上门讨钱,然而谁也找不到明效丰汇的老板卜菊明，谁也不知道他去了哪儿。坊间传言，卜菊明卷款上亿元，已经"跑路"了。

这是 2012 年的 8 月，这个夏天格外炎热。然而，王江泾、盛泽一带的纺织企业老板们却感到了前所未有的寒意。行业的"严冬"袭来，大量纺织企业陷入前所未有的困境。这段时间以来，不时传出企业倒闭、老板"跑路"的消息。龙头企业明效丰汇的倒下，公司门口那场讨薪骚乱，让业内格外忧心忡忡。

"唉！在这个行业二三十年了，生意从来没像今年这么难做！"在明效丰汇门外目睹工人讨薪的情形，一位纺织老板不由得哀叹。

作为王江泾纺织业"八大金刚"之一，明效丰汇的发展路径曾是一条在时代大潮中不断抓住机遇做大做强的典型上扬曲线。

像王江泾绝大多数纺织企业家一样，卜菊明也是从家庭织机作坊起步，历尽艰辛，积极创业。1990 年前后，卜菊明抓住盛泽东方丝绸市场、王江泾南方丝绸市场兴起的机遇，开始从事纺织贸易经营。经过多年打拼，卜菊明在中国轻纺城、东方丝绸市场、南方丝绸市场及常熟面料市场都设立专门的营业部，形成了自己的营销网络，拥有了一批稳定的客户。

在此基础上,乘着 20 世纪 90 年代鼓励大办企业的东风,1997 年,卜菊明创办嘉兴市明效丰汇纺织有限公司,购置剑杆织机 58 台及一批配套设备。

2001 年,在"大办工业园区"的热潮下,明效丰汇也从田乐搬进了王江泾工业园区,进一步扩大了生产规模。当年,明效丰汇在政府有关部门的大力支持下,创办明效丰汇工业园,经嘉兴市政府正式批准成为市级 16 家工业园之一。当时一期工程建设麻、棉、涤混纺纱生产线项目,总投资约 1 亿元。

此后,明效丰汇一步步开拓创新、由弱变强。到 2012 年破产前,明效丰汇已发展为拥有 1500 多名员工的浙江亚麻纱棉纱生产基地。从账面上看,明效丰汇 2011 年实现销售收入约 11.12 亿元,利润约 1 亿元。当时,卜菊明正计划在全国一线城市开成衣品牌专卖店。

这样一家看似强大的纺织龙头企业,为何竟会在一夜之间轰然倒塌呢?

很多人说,压死明效丰汇的最后一根稻草是资金链断裂。

从表面看来,的确如此。在纺织业行情好的时候,银行信贷资金源源不断地"输血"支持,让大批纺织企业加快扩张。明效丰汇就是在银行信贷的支持下组建集团公司,创办 6 家子公司进行多元化扩张的,甚至过度融资并涉足陌生领域……然而,2012年纺织业"寒冬"袭来,银行骤然收紧了对中小企业的信贷,压贷、抽贷、提前收贷行为屡见不鲜,这使得本就经营困难的纺织企业雪上加霜,最终陷入了生死绝境。

然而,资金链断裂只是压死明效丰汇的最后一根稻草,企业倒下的根本原因,还是在于未能适应市场变化,没有练好内功,以至于挺不过纺织行业周期性的"寒冬"。

纺织业是竞争最激烈的产业之一,也是受市场周期性影响特别大的行业之一。2012年,国际经济形势严峻复杂,国内宏观经济下行压力不断加大。对于纺织行业来说,原材料成本上涨,人工成本上涨,环保成本上涨,行业产能严重过剩,库存积压严重,外贸市场萎缩,产品价格下跌,银行信贷收紧……风刀霜剑严相逼,大量相关企业陷入困境。

潮水退去,才知道谁在裸泳。那些管理、技术、产品等依旧"粗放",还靠低成本、高消耗、高污染赚取微薄利润的企业,很难挺过"寒冬"。只有那些成功转型升级、不断开拓创新、握有核心竞争力的企业,才能迎来下一个春天。

在众多纺织同行看来,这些年明效丰汇虽然快速做大,却并未同步做强。媒体记者采访明效丰汇破产事件时,不少人不约而同地表示,明效丰汇死在管理上。

一名四川籍黄姓员工在明效丰汇工作了7年,从一名大学毕业生成长为技术骨干,他对老板卜菊明的印象不错:"他没有不良嗜好,该交的'三金'都有,不克扣工人工资。"然而,他觉得,企业倒下,根子在管理上,就好比一艘现代化舰艇,掌舵的人只有摇小舢板的技能。

"近两年,我们老板忙于资本运作,对企业每月销售多少产品、回笼多少货款、有没有盈利等状况是一笔糊涂账。"一名不愿透露姓名的企业中层管理人员说。

明效丰汇虽然从名称上看是一个控股集团,下辖 6 家子公司,摊子也铺得很大,但企业的管理方式还是遵循着家族式的老套路,内部规章制度缺失、管理随意性大、职能部门职责不清、信息不畅、员工归属感不强。

管理能力跟不上规模扩张的步伐,必然会导致管理监控不到位甚至混乱的情况。当时,明效丰汇财务管理混乱的情况已超乎想象,比如:货发出去了,回笼的货款却落入私人口袋,企业浑然不知;有人拿着企业的工资,却用企业铺就的销售渠道搞起了"副业",企业未知未觉……到破产之际,明效丰汇欠债已高达 9 亿元。据熟悉内情的同行说,其中 3 亿元还是借的民间高利贷。

"不能与时俱进的企业,注定做不长久。"多年后,回想起明效丰汇的倒下,鸣业纺织的当家人罗春荣记忆犹新。

说来,鸣业纺织与明效丰汇渊源不浅,两家企业都起家于 20 世纪 80 年代,都从嘉兴最北部的田乐乡走来,以织机起家,也都被列入"八大金刚"而享誉一方。2001 年,两家企业同时从村里搬迁到工业园区,新厂房也是隔路相望,双方你追我赶,比拼氛围浓郁。私下里,罗春荣与卜菊明交情还很不错。

当时,明效丰汇的骤然倒下,使得罗春荣警醒,也给他带来了前所未有的巨大危机——此前,鸣业纺织为明效丰汇的 1.7 亿元贷款做担保,还借给明效丰汇 3000 多万元;此次明效丰汇破产,鸣业纺织不仅得偿还 1.7 亿元担保贷款,借给明效丰汇的 3000 多万元也打了水漂。更糟糕的是,银行此时又要求鸣业纺织尽快偿还自身累计的 2 亿多元贷款。这意味着,鸣业纺织短时间内要偿还的债务高达 4 亿多元。

一时间,10 多家银行纷纷找上门来,让罗春荣陷入焦头烂额的困境。

其实,在当时纺织业的"寒冬"中,鸣业纺织的经营状况还颇为稳健。这得益于罗春荣多年来不断对企业进行转型升级、始终专注主业、多次进行技术改造、实施精细化管理、注重节能降耗、主攻高档纺织面料。即便在当时行业不景气的情况下,外贸单子还是源源不断找上门来,鸣业纺织销量稳中有升。

然而,即便经营状况不错,但当时鸣业纺织规模还不算大。更何况,4 亿多元债务对任何一家中小企业来说都是沉重的负担,很可能把企业压垮!

在纺织业干了 30 多年,罗春荣感受到前所未有的巨大压力。他几天几夜没睡着觉,家庭会议一连开了好几天。亲朋好友闻讯后为他愤愤不平,有的不断为他"支招"。

"这是你辛辛苦苦几十年创下的产业啊! 难道真就这样白白去给别人背锅吗?!"

"温州也有这样的事情,有些老板比你还大,他们都直接'跑路'了!"

"你别犯傻了,趁着还没找到你,你转移一下资产,出去避一避吧!"

"这 2 亿多元,又不是你花掉的,别人企业倒闭了,干吗让你背锅?"

有亲友反复咨询律师后,给罗春荣想了一个办法,通过把企业分租出去等一系列操作,也许可以在法律关系上逃避担保贷款的债务。

与此同时,王江泾纺织业内也早已"暗流涌动",明效丰汇"担保链"涉及 10 多家规模以上的企业,而且金额巨大。尽管此时危机还没爆发,但"火苗"随时都可能"燎原"。曾为鸣业纺织担保了几千万元的一家企业老总担心罗春荣"跑路",连着几天在电话里旁敲侧击:"你可以申请走企业破产程序。"

家人的担忧、朋友的劝说、同行的叮嘱……是选择逃避还是扛起责任？罗春荣又一次站在了人生的十字路口。

他把自己关起来，度过了一个无比煎熬的不眠之夜。他在办公室里开了一盏灯，一根接一根地抽着烟，透过窗户望着对面的明效丰汇。烟已不知不觉燃到了手指头，他急忙将烟掐灭，此时烧痛的不仅仅是手指，还有充满无奈与痛苦的内心。

想起亲友们的劝告，他知道，通过一系列操作也许可以逃避巨额债务，但是，这也可能导致"担保链"上的一连串企业都倒下！当时，王江泾纺织企业发展很快，为了加速做大做强，企业间经常互相担保借贷，由此形成一条条"担保链"。就像鸣业纺织等为明效丰汇担保，也有其他几家企业为鸣业纺织借贷担保。如果鸣业纺织破产倒闭，那么担保债务将层层传递，众多企业将像多米诺骨牌一般纷纷倒下。

"那样，半个王江泾纺织业都会倒下！"罗春荣想到这里，不由得出了一身冷汗。

事实上，这绝非虚言。当时，在省内温州、宁波等地和江苏、广东等地，都曾出现过一家企业破产跑路拖垮整条"担保链"上的企业的危机。

权衡再三后，罗春荣下定决心。他秉持一个朴素的观念:"我小学都没毕业,却能做成这么大一个企业,这都是得益于党和国家改革开放的好政策。在关键时候,我也应该为社会扛起责任!"

面对前来协调解决危机的秀洲区领导,他语气坚定:"说过的话,签过的字,肯定算数! 我愿意做'担保链'危机中那道'防火墙'!"

因为罗春荣的挺身而出,王江泾纺织业的一次重大危机就此化解。

在不到10天的时间内,罗春荣的体重下降了10多斤。

然而,他面临的困难和压力远不止这些。当时中国人民银行的统计数据显示,2012年5月以来,在出现险情的省内企业中,约有60%是由于为其他企业担保代偿而出现了资金困难的现象。

为了筹措资金尽快还贷,罗春荣紧急叫停了正在筹划的浙江禾城农村商业银行投资入股项目。按照计划,他以1亿多元投资入股,按照5%的股权比例参加分红,项目一旦实施,接下来几年能为企业带来1亿多元的回报。丰厚回报下,罗春荣没有动摇,他斩钉截铁地说:"宁可少赚1个亿,我也要把担保贷款全还上!"

接下来,罗春荣及时调整企业发展战略,通过提升管理水平、扩大再生产、更新设备、升级产品等办法,确保企业平稳健康发展和每年以 10％ 的份额还贷。

　　敢担当、富有责任感、讲诚信，罗春荣赢得了政府、银行和同行们的信任和支持。不少供应商和销售商在得知鸣业纺织资金运转有困难后，不仅没有停止合作，而且纷纷主动提出可以延期付款或者交货。当时，与鸣业纺织合作 10 多年的浙江科旺纺织有限公司负责人柯长生主动帮忙，一次性"吃进"1500 万元的库存货物，为鸣业纺织解了燃眉之急。2012 年，双方交易额达 1 亿多元。

　　看到罗春荣的诚实守信，各家银行也给予了他更多信任和支持，主动与鸣业纺织重新签订还贷协议，降低了他每年还贷的比例。浙江禾城农村商业银行等 4 家银行还同意在不减贷的基础上，债务人及其关联企业可在 5 年内继续保持现有的贷款额度不变。这实际上意味着，4 家银行不再催着企业还款。

　　到 2018 年 6 月，罗春荣已累计还款 2.7 亿多元。这几年中，他一边积极偿还贷款，一边抓好企业经营。从 2017 年 11 月开始，鸣业纺织又投资 9300 多万元，淘汰了 900 多台老机器，企业生产效率提高两成，产品质量更是大幅提升，2018 年产值突破 6 亿元。

　　"人无信不立，业无信不兴。"6 年间，罗春荣以 2.7 亿多元书写了一张"诚信答卷"，也在王江泾纺织业发展史上留下了光辉夺目的一笔！

2018 年国庆节刚过，罗春荣入选"中国好人榜"，赢得了人们的交口称赞。

走过了危机、赢得了诚信的罗春荣，并没有一味陶醉于各方的赞誉，而是更多地对纺织行业的发展进行了反思。

从 1983 年到轮船码头接义乌人做生意开始，罗春荣已经在纺织行业中摸爬滚打了数十年，经历了纺织业的一次次周期性波动。

"刚改革开放那几年，中国还是各种物资都短缺的时期，那时只要胆子大，几乎做什么都赚钱！"罗春荣记得，那时王江泾织机户们都在自己的家庭作坊里，用落后的铁木织机织布，技术含量很低，生产的也是单一的头巾纱。印染也都是用土办法，在煮饭的锅里弄一锅染料就算开印染作坊了。他家那时煮出来的饭也经常被染得五颜六色，那时的人们也没什么食品安全意识，一家大小也就这么吃着五颜六色的饭。即便这样没技术含量的产品，家家户户只要生产出来就能卖出去赚钱，并且利润可观。

后来做头巾纱的太多了，渐渐赚不到钱了，罗春荣就在 1990 年率先做起了里子布，一下子赚了 90 多万元。做里子布的多起来后，1994 年，罗春荣改做最流行的仿东风纱、仿真丝纱，一开始也是行情很好，但大家一窝蜂都做之后，到第二年，罗春荣积压的大量产品就卖不出了，他一下子亏掉 500 多万元。

1995 年，罗春荣筹集资金办厂，这次买了 36 台当时比较先进的有梭织机，生产出来的布料每米成本不到 10 元，却能卖出每米 20 多元的价格。这一个夏天，罗春荣又赚了 300 多万元。而在当时，新办的工厂基本都是赚钱的。

由于布料产品升级，1996 年前后，加捻车行情很好。很快，王江泾各企业、织户一哄而上，家家户户都买加捻车。这样到第二年就又产能过剩了，大部分人都亏损了。

2000 年前后，纺织行业推广"无梭化改革"，有梭织机改为喷水织机，效率提高好多倍。当时罗春荣的鸣业纺织一次性投入 800 万元购进 100 台喷水织机，当年就赚回 800 多万元，收回全部成本。对于当时的纺织行业来说，喷水织机无疑开辟了一片欣欣向荣的产业新天地。

然而，在快速巨幅扩张下，喷水织机也很快产能过剩了。

2007 年，喷水织机已经存在大范围产能过剩。2008 年金融危机淘汰了一批落后产能，活下来的企业熬到 2010 年，春天来了。接下来两年是一波回暖期，对于纺织企业老板来说，那是一场盛宴。那时每生产销售 1 米布，往往可以赚三五毛钱，纺织厂产能巨大，如果能保持这么高的利润，那前景太可观了！

但盛宴仅仅持续了两年,市场就迅速变为"红海"。冰火两重天的逆转,缘于此前两三年的产能大扩张。业内有统计数据显示,这几年之间全国新上马的喷水织机产能,超过前20年的总和。而同期需求却并未大涨,这使得供求关系发生逆转。

"仿真丝去年每米赚一两元,今年普遍每米亏 5 毛,主要是去年下半年产能扩张太厉害。"2013 年,江苏吴江某纺织公司一名负责人对媒体记者说,"现在回款慢,往年 1 个月,现在3 个月也难,银行贷款一是难搞,二是利息太高,至少百分之十几,压力很大。"

纺织企业库存积压问题也很严重。据中国长丝织造协会《2013 年夏季长丝织造中小企业实地调研报告》,各地走访的企业平均库存周期为 2—3 个月,个别企业库存周期已超过4 个月,甚至达到半年。盛泽一家已经停产的小企业,年产量是 300 万米,但是库存量已经超过 500 万米。

到 2014 年,王江泾喷水织机已增长至 5.5 万余台,约占全国产能的一成,这使王江泾成为全国纺织产业基地之一。然而,此时纺织行业已出现产能严重过剩、产品滞销、产品价格下跌、开工不足的状况。不断扩张的"红海"中,只有那些规模和研发能力占优势的企业,才能通过创新升级闯出一条新航道。大量中小微企业和散户则生意难做,生存堪忧。尽管全国纺织业的总体规模还在增长，但行业内部两极分化严重。

产能过剩，价格下跌，而纺织厂的各项成本却在不断攀升。随着环保"亮剑"，过去边污染环境边赚取利润的路子走不通了，各企业不得不上环保设备，进一步增加成本，一些企业已经难以为继。

据一家行业网站调查，2014 年上半年，在王江泾、盛泽等纺织业聚集地，有超过 40 名纺织企业老板"跑路"。

"纺织行业竞争太厉害，什么东西做得好就一哄而上，很快就打价格战、做滥掉。"罗春荣说。他认为唯有创新，避开低端竞争的陷阱，不断走向高端化，才能在激烈的市场竞争中存活下去。

在市场"无形之手"的巨大威力下，伴随着纺织行业的一次次升级换代，市场就这样不断重复着"蓝海—红海—蓝海—红海"的周期性波动。而就在这一次次的周期性波动中，王江泾纺织业"八大金刚"也演绎了不同的命运轨迹，有的做大做强，有的破产倒闭，有的销声匿迹……

市场大潮中的优胜劣汰，看似残酷，却是产业发展的必经之路。

有业内人士测算，接下来几年中，纺织业产能淘汰一半左右，方可恢复平衡。

面对越来越残酷的"红海之战"和越来越高的"绿色壁垒",喷水织机将何去何从?传统纺织产业应如何脱胎换骨?王江泾人正站在十字路口,必须做出艰难的抉择。

第 章

山越高越难爬

又是一个让人难以入眠的江南冬夜，"咔嚓咔嚓"，曾经响彻大地的万户机杼声，就此停歇了。这是个历史性时刻。遥想30多年前，汝金生、汝掌生摇着一条小船悄悄运回了一台铁木织机，那个夜晚也是如此静谧。

　　在漫长的行业"寒冬"中,连大小企业都在为过"冬"发愁,散户们的日子自然不好过。

　　他们本来就处在这条产业链的底端,赚取微薄的加工费。随着各项成本攀升,很多散户早在几年前就已经感受到"寒意",直呼"赚不到钱"。

　　2011 年 9 月,嘉兴日报记者就曾到王江泾荷花村蹲点调查。当时,织机户凌永芳给记者算了一笔账,以某款布为例,每米加工费比上半年少了 5 分到 8 分钱,这样下来,一天少赚 200 元左右,一个月少赚 6000 元左右。不仅如此,还要支付污水处理费和电费等费用,一个月下来,都是一笔笔不小的数目。

　　"我们都没请帮工,否则开支更大。"凌永芳说。长期请一个帮工一般每月开支要 5000 元以上;而电费方面,织机户们每月支付少则几千元,多则上万元。凌永芳家共有 12 台喷水织机,一年电费要缴纳 10 万元左右。

　　"现在什么都涨价,开支太大了,每年赚不赚钱都很难说。"凌永芳说。

其实，在赚钱之外，那些年，大家对喷水织机行业带来的污染，感受也越来越深。

2011 年，荷花村总户数 764 户，总人口 3149 人。全村涉及喷水织机的农户有 350 户，织机 4900 多台。早些年，喷水织机废水直排，使村里环境急剧恶化，河水颜色时时上演"看我七十二变"，水面漂浮着各种垃圾。后来，为了减少污染，荷花村建起两个村级污水处理站，织机户们也买来污水处理设备，但很多时候，排出的水依然不达标。

"污染的确太厉害了！"凌永芳看着污浊的河道喃喃自语，"以前我们这里的河道水多清，我们还在河里淘米、洗菜，现在是不行了。"

这些年，不光是不做织机的人家对污染反应强烈，连织机户们自己都为污染忧心忡忡。当时的村党支部书记祝永忠担忧地表示："喷水织机再发展下去，要影响下一代成长了。"

除了严重污染，从事喷水织机作业也十分辛苦。利润微薄，织机户们赚的都是辛苦钱。房前屋后违章搭建的低矮简易房里潮湿闷热，空气污浊，一台台织机 24 小时不停歇地运转。为了节省开支，多数人家没有请工人，一般夫妻俩轮番上阵，几乎每隔一二十分钟就要去看看。

"为什么不停止作业？"

听到记者的问题,织机户唐春红无奈苦笑,他们赚的就是点加工费:"不能停的,一停,收入就难保证,亏本都有可能。"

由于几千台织机日夜不停地运转,村里永远发出持续不断的噪声。而织机户的生活也像这噪声一样枯燥、单调,很多人感到身心疲惫,但为了生活也只能硬撑着。唐春红叹息:"我们长年都待在家里,哪里都去不了,生活太单调了。不知这样的日子何时是尽头?"

那些年,随着人们对生活品质要求的提高,年轻人已经很少有愿意继续在家从事喷水织机作业的了。他们宁愿去厂里打一份工,朝九晚五,还有假期可以用来休息,算算收入也并不比开家庭作坊差。

只有一些中老年人,依然守在喷水织机旁。恶化的环境、单调的生活、激烈的竞争、隐藏的风险,也让他们对未来感到越来越迷茫。曾经的"万户机杼"让村民走上致富的康庄大道,如今散户们却深陷"红海之战"中苦苦挣扎。一些人已主动放弃,在一轮轮的产业洗牌中,王江泾的织机散户已减少到 1370 户。

曾几何时,喷水织机作业是惠及千家万户的富民工程。而如今再提喷水织机,它则成了王江泾人的一块"心病"。尤其是当污泥浊水、违章建筑、落后产能、无序竞争等各种问题叠加而至时，喷水织机作业何去何从，成了必须作答的时代问题。

尽管从 2004 年到 2014 年，王江泾曾历时 10 年推进 3 轮喷水织机污染治理，水污染恶化的总体态势得到了有效遏制，然而，生态"还债"之路依旧崎岖漫长，生态环境质量离人们的期待依然有很大距离。

尽管，黑河、臭河、垃圾河已不复存在，但是，水中化学需氧量、氨氮、总磷等污染物指标仍触目惊心。有时，水环境甚至还会恶化到劣 V 类。

这是为什么呢？王江泾镇环保办副主任张杰多年从事治水工作，他心里有本账。

尽管全镇 5 万多台喷水织机所产生的废水已全部纳管处理，但有时污水处理设备运营维护不当，废水处理做不到完全达标排放。200 多千米污水管网，也不时会出现污水渗漏等情况。而即便所有废水全部稳定达标排放，其实也还是会对水体造成"达标性污染"。

按照相关环保政策规定，工业污水处理达标排放的标准是化学需氧量浓度在每升 100 毫克以下。按照浙江"五水共治"要求，王江泾废水提标排放，化学需氧量浓度须在每升 70 毫克以下。尽管如此，但因王江泾喷水织机保有量实在太大，5 万多台织机每天产生 14 万吨废水，经处理后，3.2 万吨中水回用,剩下近 11 万吨水仍是排到外部环境。

"尽管这些水已经经过处理,达标排放,但对于外部水环境来说,还是污染源!"张杰痛心地说。

放眼整个秀洲区,当时"北部三镇"喷水织机共有 7 万多台,每天产生的废水相当于几个秀湖的水量。

而秀洲区北部拥有 16 万亩生态湿地,湖荡河浜纵横相连,水域内荷叶田田,菱藕飘香,鸟类集聚,鱼虾成群,是嘉兴城区重要的"城市之肺",对水质的要求很高,显然无法承受这么多废水的排放。

面对越来越高的生态环境保护要求,秀洲区政府痛下决心,决定将生态文明建设进行到底!

2017 年 10 月 30 日下午,秀洲区召开散户喷水织机"清零"冲刺专项行动部署会。根据会议部署,秀洲区将加快散户喷水织机"四停一收"淘汰工作,从 11 月 1 日到 12 月 31 日持续奋战 61 天,实现全区 30728 台散户喷水织机"清零"!其中,王江泾镇淘汰散户喷水织机 20502 台,涉及 1370 户。

对于长期以纺织业为支柱产业的织造名镇王江泾来说,要将 2 万多台散户喷水织机"清零",无疑是个重大历史性决定!

然而,这个重大决定绝非一时一地做出的"拍脑袋决策",而是事关全局的长远之计。

自 2005 年习近平首次提出"绿水青山就是金山银山"科学理念,已过去 12 年;自 2012 年党的十八大将生态文明建设提到前所未有的战略高度,已过去 5 年。10 多年来,浙江一张蓝图绘到底,一任接着一任干,生态文明建设已在之江大地蔚然而深秀,环保理念越来越深入人心。"村村点火、户户冒烟"渐成历史,绿水青山正在回归。践行、改变、创造,浙江在绿色发展的浩瀚长卷上写下了先行先试的美丽答卷。

事实上,历经工业化进程中有关生态破坏、环境污染的诸多惨痛教训后,保护人类共同的家园、实现全球可持续发展,已日益成为世界各国的深刻共识。继 1992 年《联合国气候变化框架公约》、1997 年《京都议定书》之后,人类历史上应对气候变化的第三个里程碑式的国际公约《巴黎协定》,于 2016 年 11 月 4 日正式生效。中国承诺致力于全面落实《巴黎协定》,继续坚定不移地做全球气候治理进程的维护者和推动者,推动全球绿色低碳可持续发展。

2017 年 10 月,党的十九大胜利召开,习近平总书记在党的十九大报告中指出:"必须坚持以人民为中心的发展思想";"使人民获得感、幸福感、安全感更加充实、更有保障、更可持续";"中国特色社会主义进入新时代,我国社会主要矛盾已经转化为人民日益增长的美好生活需要和不平衡不充分的发展之间的矛盾";"建设生态文明是中华民族永续发展的千年大计"；"坚定走生产发展、生活富裕、生态良好的文明发展道路"。

新时代的人民美好生活既需要更高层次的物质生活水平，也需要民主、法治、公平、正义、安全、环境等方面的不断提升和完善。良好的生态环境是公平的公共产品，是普惠的民生福祉。

习近平总书记在《推动我国生态文明建设迈上新台阶》中说："广大人民群众热切期盼加快提高生态环境质量。我们要积极回应人民群众所想、所盼、所急，大力推进生态文明建设，提供更多优质生态产品，不断满足人民群众日益增长的优美生态环境需要。"（《求是》2019 年第 3 期）

这一切，都有着鲜明的指向：我国生态环境保护已发生历史性、转折性、全局性变化。

也就在 2017 年，中国开启了力度前所未有的新一轮"环保风暴"。中央环保督察组进驻 31 个省（区、市），问责人数超过 1 万人。"大气十条""水十条""土十条"强力推进，限产、限排、关停……仅京津冀就有十几万家"小散乱污"企业被整治。

而被视为"中国模范生"的浙江，也发出了关于生态环境保护的最强音——"决不把污泥浊水带入全面小康"！整个浙江吹响了经济转型升级、产业结构调整的冲锋号！

综观中华文明发展历史,不难发现,治水与文明之间有着极为密切的关系。从大禹治水到后世历朝历代的"河务""漕运",事关国计民生的治水活动,都仰赖政府强有力的主导。在今天的市场经济条件下,治水从根本上来说是要转变发展方式,要以治水统筹产业转型、环境保护、城市建设与民生改善。

嘉兴行动起来了,秀洲行动起来了,王江泾行动起来了!

然而,要将1370户的20502台喷水织机全部淘汰,实现"清零",绝非易事。

打破落后的"瓶瓶罐罐",才能真正涅槃重生。但是,对于旧的"瓶瓶罐罐",人们总难免有感情,有依赖,舍不得。

"我们几十年辛辛苦苦围着织机转,现在说淘汰就淘汰了吗?"在拆除喷水织机时,很多人难过得流泪。另一些人则对未来生计感到迷茫:"织机拆了,我们以后能做什么?"

从小在万户机杼声中长大,几乎每个王江泾人都对纺织业充满感情。家家户户织布忙的场景,给王江泾人带来了财富,带来了荣耀,成为他们生活的一部分,甚至化作生命中难以抹去的记忆。今后,这一场景将彻底成为历史,很多人在感情上无法接受。一时间,人们对"清零"攻坚议论纷纷,有织机户开始上访。

王江泾镇领导干部一开始也感受到巨大压力。当时一位镇里的干部说："我理解大家的感情问题,更关注散户淘汰织机后的生计问题。"

"清零"冲刺专项行动部署当日,当时的王江泾镇党委书记整晚睡不着觉。他躺在床上,翻来覆去地算几本账。

先算一本民生账。家家户户的喷水织机曾经是王江泾的致富法宝,可现在,散户在"红海之战"中获利微薄,全年无休。而喷水织机的废水排放反而成为民生最大的"痛点",成为民意关切的焦点。随着一轮轮产能淘汰,现在王江泾 2 万多户人家中,只有 1370 户还在从事家庭纺织业,不少家庭的喷水织机还处于半停机状态。一些群众在抗议污染时,说这是"富了几家,害了大家;赚了几个钱,亏待几代人"。还有人说,再不整治污染,就是"吃祖宗饭,砸子孙碗"! 算算民生账,当下必须痛下决心,壮士断腕。

再算一本环境账。水,是生命之源、生产之要、生态之基,是王江泾今后可持续发展的宝贵资源。喷水织机废水污染不从根本上治理好,王江泾生态修复更加遥遥无期,这将成为接下去发展的瓶颈、民生的最大短板。目前已经达到环境承载力的极限了,是时候痛下决心,开展一场全域性的自我革命了!

最后算一本发展账。绿水青山就是金山银山。没有良好的生态环境,高质量发展就无从谈起,美好生活也难以实现。换句话说，保护生态环境就是保护生产力，改善生态环境就是发展生产力。不淘汰高污染、高耗能、低效益的落后产能，就不能为高质量发展腾出空间、打造好环境。在当下这个新旧动能交替的关键节点，转型，势必会带来阵痛，但不转，发展之路将越走越窄。不愿承受"阵痛"，势必带来"长痛"。唯有超越阵痛，才能凤凰涅槃！

窗外天渐渐亮了，思路也清晰了。不同的历史阶段，必须承担不同的历史使命！工作千难万难，但迎难而上，舍我其谁？

一场轰轰烈烈的百日攻坚在王江泾全面展开。区、镇、村三级干部挨家挨户上门走访，阐明利害，解释政策，劝说散户签约腾退喷水织机。其间，干部入户走访 2000 多批次近 3 万人次。村干部、党员户带头示范，腾退织机、拆除违建。

到 2017 年底，王江泾镇 1370 户 20502 台散户喷水织机全部被腾退，实现历史性"清零"！高能耗、高污染的喷水织机，就此在王江泾全面退出历史舞台！

又是一个让人难以入眠的江南冬夜，"咔嚓咔嚓"，曾经响彻大地的万户机杼声，就此停歇了。这是个历史性时刻。遥想 30 多年前，汝金生、汝掌生摇着一条小船悄悄运回了一台铁木织机，那个夜晚也是如此静谧。30 多年前"零的突破"，从计划经济走向市场经济；如今全面"清零"，从工业文明走向生态文明。几十年间,这片土地承载了一段波澜壮阔的发展史,张扬了一个江南市镇改革不停步的精气神。

两个历史性时刻都值得被铭记,因为它们背后澎湃着的,同样都是这片土地上勃发的对未来的信心,都是这里的人们对美好生活永不懈怠的追求,以及永远敢于自我革命的巨大勇气。

全面"清零",不是终点,而是新的起点,前面还有更大的难关要闯!

"莫言下岭便无难,赚得行人错喜欢。正入万山圈子里,一山放出一山拦。"诗人杨万里这首《过松源晨炊漆公店》说的是爬山,揭示的却是一个普遍规律:发展不是过一个山头,而是不断爬坡过坎。

习近平在浙江工作时说,"山越高越难爬,车越快越难开",环境治理如是,改革发展亦如是。

退不是目的,退是为了更好地进;拆也不是目的,拆是为了更好地建。眼下,摆在王江泾人面前的难关是:在散户们腾退喷水织机后,如何找到新的富民之策?过去占工业产值六成的纺织业如何转型升级?高质量发展的经济新增点如何培育?

第

20

章

古塘春来早

"优美庭院红花艳,美丽乡村映蓝天,和谐家园绿意浓,淳朴民风金秋爽……"村歌《七彩古塘》,古塘村里人人会唱。告别了喷水织机,他们迎回了美丽家园,共同奔向美好新生活。

刚刚度过了一个暖冬,2018 年的春天,来得似乎比以往更早一些。

阳历到了 2 月 10 日,距离狗年春节还有几天,王江泾古塘村里却已是一派江南春早的景象,到处绿意盎然。就在这早春的村庄里,家家户户又飘出浓浓的年味,引得远近游客循味而来。

穿过一座古色古香的牌楼,一路西行到底,迎面看到一幅 3 层楼高的灶头画,被别出心裁地绘在一户人家的外墙上,透出浓浓的江南民俗风味,便知是古塘村到了。

灶头画下曲径通幽,走进古塘村,眼前豁然开朗。"哇!这里就是梦里的江南水乡!"上海游客李珊忍不住连连赞叹,她完全被眼前的风景惊艳到了。一弯清流穿村而过,刚好在这里拐了一道弯。早春阳光和煦,轻柔地洒在清亮的水面上,反射出粼粼的、跳跃的波光。一丛一丛的水草青翠迎人,格外丰润,一群一群的小鱼小虾自在地游来游去,更添灵动。

河边是整洁优美的游步道,水面上还有古色古香的九曲回廊,李珊和大家一起信步古塘,只觉步步是景。河道两岸,参差错落地分布着百来户人家。与别处水乡的粉墙黛瓦不同，这百来户人家把自家房子都刷成不同颜色，红、粉、黄、蓝、绿，有些墙上还有精美彩绘。这七彩古塘在早春天气里显得格外迷人。

慢慢逛到岸边农家，这里更是处处惊喜。村民们家家户户都挂起了红灯笼，院子里搭好了晾架，晒满腌制好的年货。腊鱼腊肉在阳光下色泽格外诱人，令人垂涎欲滴。

将近午饭时间，李珊一家和同行的几个家庭，沿河走进了一家农家乐。他们提前和老板严永兴预约了午饭。"哎呀，太香了！"还没走进院子，一股食物的香味已扑面而来，引得大家食指大动。走进院子，立刻被热火朝天的过年氛围萦绕。

"欢迎到我家做客！"严永兴正在备办各种鱼肉蔬菜，见到客人来，笑容满面地迎上来。

一走进厨房，大家立刻被那个花篮形状的三眼土灶吸引。从灶台到烟箱画满了二三十种图案，有"八仙过海""喜鹊登梅""鲤鱼跃龙门""鹿鹤园春""松鹤延龄""百年好荷"等吉祥图案，还有卍字纹、回纹、流水纹、方格纹……富丽明艳的色彩搭配里，弥漫着纯真质朴的乡土艺术气息，满满都是江南鱼米之乡的传统民俗味，透着千百年来人们对美好生活的热切向往。

此刻,灶膛里的柴火在噼啪作响,灶台上热气腾腾,3 只锅里煮得"咕嘟咕嘟"的,香气扑鼻。

"严老板,你这烧着什么好东西呢?"李珊忍住口水问严永兴。

"一会儿就开锅喽! 等等你就知道了。"严永兴神秘地笑起来,"来,各位上海的客人,你们先包饺子吧!"一边案台上,饺子皮、各色饺子馅都准备好了,等着大家来动手。大家兴致勃勃,争先恐后地跑去洗手,再来切磋这包饺子的功夫。

严永兴又忙活起来,他撸起袖子,拎起一条七八斤重的大青鱼,开膛破肚、刮去鳞片,开始准备压轴大菜——"一鱼三吃"。

"现在水质又好了,你看这螺蛳青鱼多肥美……"他对围拢来的客人说,"一会儿吃起来你就知道有多鲜了!"

严永兴向客人娓娓道来古塘村"一鱼三吃"的来历和做法。

原来,水乡王江泾的螺蛳青鱼历来远近闻名,古塘村就是螺蛳青鱼的重要产区。这里的青鱼都是吃活螺蛳的,品质比一般青鱼好多了,肉更紧实,味更鲜美。有了这个基础,才能做到"一鱼三吃"。

鱼头和鱼尾用来红烧,鱼身用来清蒸或做成酸菜鱼。最有创意要数鱼肠和鱼鳞的烹饪方法了:鱼肠清理后,加食盐抓洗干净,放锅里用开水焯过,再用油煎去腥味,加入姜、葱、蒜爆香,最后放入雪菜和其他调味料烹调,十分鲜美爽滑。鱼鳞怎么吃呢? 要把鱼鳞用葱、姜、料酒腌制 10 多分钟,再裹上脆皮粉,然后放入油锅中炸脆,下锅加椒盐炒,吃起来香脆可口……由于风味独特,"一鱼三吃"已经成为古塘村的美食招牌了,游客来了必点这道"压轴大菜"。

不一会儿,灶上锅里的美食也都烧熟了,揭开锅盖,香气四溢。大块的稻草扎肉,浓油赤酱,油亮诱人;红烧酱鹅,鲜香无比;柴火饭烧出了略微焦黄的锅巴,散发出特有的焦香味。还有油焖春笋、馄饨老鸭汤、白斩土鸡、蒸饺子、香菇青菜等乡土菜,食材多半取自当地农家。李珊看了,忍不住掏出手机拍个不停,马上发到微信朋友圈:"古塘村里过大年,美景美食美村庄,这就是地道的江南年味,这就是我的梦里水乡!"

美食美景美村庄,地道的江南年味,不仅醉倒了八方来客,也让古塘村民品尝到了美好生活的幸福滋味。

"过去我们整天围着织机转,不光污染了村里的环境,还让自己生活变得特别单调。现在村里环境越来越美了,我相信我的农家乐生意也会越来越红火!"严永兴说。

从家家户户织机响,到散户织机全面"清零",古塘村里从村容村貌到村民的生产生活,都发生了脱胎换骨式的转变。

古塘村过去是王江泾的纺织大村。20 世纪 90 年代,村里 400 多户人家中 95％以上都从事家庭纺织,有梭织机一度达到 2000 多台,纺织小企业也有二三十家。到 2000 年,喷水织机取代有梭织机,村里的织机户下降到了 37 户,但喷水织机也有 337 台。

一开始,大家靠喷水织机赚了不少钱,可是随着竞争越来越激烈,赚钱也越来越难,渐渐地,只能勉强解决就业和温饱问题。每台喷水织机都直接从河道取水,再把废水直接排到门前的沈家浜。家家房前污水横流,河水发黑发臭,一个曾经宁静美丽的水乡村落,没几年就变得脏污不堪。曾经这里出产好鱼好虾,渐渐地再也没人吃了。更严重的是,那几年村里连续有人检查出患有恶性肿瘤,村民怀疑跟环境污染有关。渐渐地,人们对喷水织机造成的废水污染怨声载道。就连那些织机户,也有不少不愿再从事家庭纺织。

在 2014 年、2017 年秀洲区两轮喷水织机废水污染整治行动中,古塘村喷水织机全面"清零"。在浙江全省部署的美丽乡村建设、"三改一拆"、"五水共治"、城乡环境综合整治等行动中,当时的古塘村党支部书记陈永明身先士卒,带着古塘村民迅速行动起来,开展一轮又一轮艰苦的"美丽家园行动"……几年后,古塘村彻底变了模样。如今的古塘村,河道清澈，河岸绿树成荫，房屋错落有致，民风淳朴团结，古塘又变回了那个"留得住山水、记得住乡愁"的美丽乡村。

诗意的生活不是梦，青山绿水总能在不经意间，触动人们的内心。

保护生态环境，从一开始需要发动、劝说，到现在已经变成古塘村村民的自觉行动。沿着河道，闻着淡淡的花香，走进"优美庭院"示范户戚维荣的家。庭院里，各类果树和蔬菜等有序分布，整洁的小院显得井井有条。

"过去，我环保意识不强，生活品质也比不上现在。"戚维荣腼腆地说，"现在好了，家家户户的环境都比以前好了很多，村子里的整体面貌也有了很大改善。水清了，树绿了，村民们环保意识增强了，我也不能落后！"

老百姓渴望"绿水青山"，也需要"金山银山"。在村庄环境变好之后，陈永明考虑得最多的是：在喷水织机全面"清零"之后，老百姓靠什么增收致富？

"美丽也是生产力。"陈永明琢磨着，要利用优美的生态环境和江南民俗文化，在古塘村发展乡村旅游，带动全村走上绿色致富路。

这几年，古塘村群策群力，已经成功创建 2A 级景区村庄，打响"七彩古塘"金字招牌，乡村旅游业蓄势待发。

2017 年 5 月 27 日上午，"江南灶画村"的开村仪式在古塘村里举行,这是古塘村精心打造的国家级非物质文化遗产代表性项目嘉兴灶头画主题村。在古塘的非遗文化客厅里,各种灶头画琳琅满目,俨然是一个地方民俗文化的主题展馆。灶头画好看,土灶烧出各色乡土美食——非遗文化在乡村旅游中"活"了起来。现在,土灶上绘灶头画,已经成为农家新居装饰的一种时尚。到古塘村看灶头画、吃土灶饭,也成了古塘村旅游的一大亮点。80 多岁的古塘村村民肖贵增说,自从村里弄了灶台集聚区,不仅附近的人都来看稀奇,前来参观的外地游客也是络绎不绝。

2018 年 8 月,"2018 浙江省旅游商品大赛"在杭州举办,由古塘村上报的参赛作品——"尚古土布刺绣纯手工刺绣包",从参赛的 400 余件旅游商品中脱颖而出,成为最终获选的 70 件浙江省优秀旅游商品之一,并被推荐参加在四川乐山举行的"2018 中国特色旅游商品大赛"。喜讯传回古塘村,"尚古"绣娘队的 50 多名绣娘欢呼雀跃!告别了喷水织机,绣娘们凭着自己的巧手和巧思,编织出更美好的新生活。

过去的织机户严永兴,现在开起了农家乐;莫银观不做家庭纺织后,发挥他做木工的好手艺,为村里制作垃圾分类亭,既美化环境又能增收……这几年,古塘村通过土地流转,先后引进加友特种水产生态养殖专业合作社、印象古塘农庄、嘉兴市农科院等农业经营主体,发展起现代农业科技园、铁皮石斛种植、野猪驯养等多个现代农业产业，农旅结合，效益良好，村民的"钱袋子"逐渐鼓起来了。2017 年，村里人均可支配收入达 3 万元。

美丽乡村建设风生水起。2018 年，古塘村同时被评为省级休闲旅游示范村、浙江省 3A 级景区村庄。"七彩古塘"成为"秀洲区运河湿地荷美王江泾一日游"路线上的重要景点，也是王江泾实施乡村振兴战略和全域美丽建设的先行区。如今走进古塘，游客中心、特色民宿、采摘园、烧烤园、亲子乐园、红色年代旅拍馆等星罗棋布。水上运动基地里，皮划艇、桨板、水上瑜伽等项目精彩纷呈。陈永明说，"七彩古塘"正在往运动休闲旅游的方向快步前行！

"优美庭院红花艳，美丽乡村映蓝天，和谐家园绿意浓，淳朴民风金秋爽……"村歌《七彩古塘》，古塘村里人人会唱。告别了喷水织机，他们迎回了美丽家园，共同奔向美好新生活。

莫道古塘春来早，来年春色倍还人。

在古塘村周边，一个个村落同样也在进行着美丽蜕变。散户喷水织机全面"清零"后，王江泾大力推进乡村振兴，基础设施提升、人居环境提升、居民风貌提升、乡村产业提升、乡风文明提升。随着"五大行动"全面推进，村庄建设开始追求"一村一品、一村一韵、一村一景"，村村有特点，村村有个性。不管是在拥有"江南灶画村"之称的古塘村,还是在有着"荷塘叶色"美名的洪典村,抑或是在灵秀虹南、秀丽虹阳、和美范滩、诗画腾云……在王江泾 10 万亩水面的映照下,散落在乡间村落的历史文化碎片被一一拾掇起来,一个个特色文化村如珍珠般熠熠生辉,成为一道道美丽风景线,编织着乡村旅游的美好蓝图。

有了"绿水青山"后,如何源源不断地带来"金山银山"?这是王江泾人正在探索求解的新课题,也是浙江各地共同的课题。

其实,早在 2005 年 8 月 24 日,习近平在《浙江日报》的《之江新语》专栏发表的《绿水青山也是金山银山》一文中就系统论述过这个课题。

文中说:"我省'七山一水两分田',许多地方'绿水逶迤去,青山相向开',拥有良好的生态优势。如果能够把这些生态环境优势转化为生态农业、生态工业、生态旅游等生态经济的优势,那么绿水青山也就变成了金山银山。……绿水青山与金山银山既会产生矛盾,又可辩证统一。"

习近平在《从"两座山"看生态环境》(《之江新语》2006 年 3 月 23 日)一文中,再次深刻论述了"两座山"之间辩证统一的关系。文中说,人们对于"绿水青山"与"金山银山"之间关系的认识,经过了 3 个阶段:

第一个阶段是用绿水青山去换金山银山，不考虑或者很少考虑环境的承载能力，一味索取资源。第二个阶段是既要金山银山，但是也要保住绿水青山，这时候经济发展与资源匮乏、环境恶化之间的矛盾开始凸显出来，人们意识到环境是我们生存发展的根本，要留得青山在，才能有柴烧。第三个阶段是认识到绿水青山可以源源不断地带来金山银山，绿水青山本身就是金山银山，我们种的常青树就是摇钱树，生态优势变成经济优势，形成了一种浑然一体、和谐统一的关系。这一阶段是一种更高的境界，体现了科学发展观的要求，体现了发展循环经济、建设资源节约型和环境友好型社会的理念。

这一精辟论述，体现了经济发展与生态环境保护的辩证统一，展现了经济增长方式转变、发展观念持续进步，人与自然的关系不停调整、走向和谐的过程，以理论映照当下，指引人们求索的方向。

第 章

经纬新时代

这是一个江南市镇的精彩蜕变，一种符合新时代发展逻辑的深刻变化。回望来时路，治水倒逼王江泾摆脱对喷水织机的依赖，万户机杼声逐渐远去，但人们对美好生活的热望从未改变，为创造美好生活所付出的勤劳、智慧、激情从未消减。

4 月初,正是江南好时节。浙江省嘉兴市秀洲区王江泾镇莲泗荡景区内,杨柳吐青,花香弥漫,鳞次栉比的彩旗迎风招展,莲泗荡水面上万千网船次第相接,岸边社团正开展声势浩大的巡游,四方来客熙来攘往,盛装的渔民敲锣打鼓,踏白船、舞猛龙、舞醒狮、耍杂技……各式民俗表演热闹非凡!

2019 年 4 月 2 日,一年一度的中国江南网船会在莲泗荡风景区盛大开幕,来自苏、浙、沪、皖的 100 多个社团数万民众竞相参与这场水上民俗盛会。

苏州吴江平望的 68 岁老渔民金荣荣清晨 5 点就起床,带着 15 条渔船共 200 多人,走水路浩浩荡荡地朝王江泾进发。晌午时分,他们已经把船停到了莲泗荡刘王庙附近,十几条船次第相接,和其他更多的船挤挤挨挨连成一片。停好了船,男女老少齐动手,每条船上的渔民都摆出精心准备好的香案,竖起幡旗,摆上红烛、香纸和猪头、雄鸡、鲫鱼等各种祭品,有些船上的老人家还组成班子,敲锣打鼓唱起古老的唱词,祈祷家人安康、出入平安。

“小时候网船会还要热闹咧!”金荣荣说。金家六代渔民,他小时候就每年跟着家人来参加网船会。每年到了网船会的时候,苏、浙、沪、皖数万渔民、船民开着几千条船从四面八方赶来,几乎把莲泗荡的水面停满,调皮的小孩子从这条船跳到那条船,不一会儿就从湖这边蹿到了对岸。由于船来得太多,停得最靠里的船半个月都出不去……

莲泗荡的网船会起源于元末明初,是渔民自发组织的民俗活动,主要祭祀元朝灭蝗英雄刘承忠。传说元朝末年蝗灾十分严重,蝗虫遮天蔽日,所到之处庄稼尽毁,引起大范围的饥荒,有些地方甚至到了百姓"人相食"的地步。当时刘承忠为驻守江淮的名将,因江淮地区蝗虫肆虐,民不聊生,他便率官兵夙夜鏖战捕杀蝗虫,立下大功。后由于劳累过度,他不幸失足溺死于莲泗荡(有一种说法是为救溺水村民而死)。刘承忠死后,当地百姓为了缅怀他,在他住过的大悲庵内建造了一座祠堂,取名"刘公祠",后改称刘王庙。刘王庙建成后,一年四季香火不断。老百姓对刘承忠也由感恩到崇敬,将他视为农业丰收的保护神,年年祭祀,以祈消虫免灾、五谷丰登。自清咸丰(1851—1861)以来,每年清明、中秋、除夕期间,苏、浙、沪、皖一带渔民、船民数万人,纷纷驾船来到王江泾镇民主村莲泗荡,船只汇集荡面,不下数千艘,蔚为壮观。

清末民初时期的网船会极一时之盛,其规模之大令人瞠目。清光绪年间(1875—1908)的《点石斋画报》有一幅直接反映网船会的图画,记载"远近赴会者扁舟巨船不下四五千艘,长虹桥自庙前十余里内排泊如鳞"。细看画面,河中央,小舟巨船,百舸争流;两岸边,人头攒动,观者如蚁。

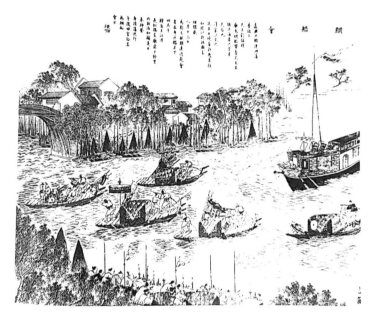

清光绪年间《点石斋画报》描绘的网船会盛况

江南网船会这一"流淌着的运河民俗",在历史上鼎盛一时,也曾在时代的洪流中黯然失色。繁华也好,沉寂也罢,这一缕源自民间的香火始终未曾断绝,始终以自己的方式在民间传承不息。后来政府层面因势利导,于2009年第一次主导组织举办网船会,并以刘王庙为核心开发建设莲泗荡风景区。2011年，网船会被列入国家级非物质文化遗产名录，如今已成为王江泾一道独特的人文风景。

谁能料想到，网船会在沉寂几十年后竟又在新时代复兴，焕然一新的莲泗荡景区成为国家3A级旅游景区，每年吸引数十万人光顾旅游，热闹的情况数倍于从前。在这个目前国内罕见的"水上庙会"中，"香客"变游客，一幅传承百年的江南水乡民俗画卷，徐徐展开。

其实，很多渔民早已"上岸"，生产生活方式发生了很大变化，驱蝗的祈愿也早已成为历史，但刘王庙却香火不绝，或许根子上是因为古往今来人们对美好生活的向往从未改变。"四海安享太平百业顺兴；刘王永驻宝地五谷丰登。""扶农助渔救灾除害捐躯水上成一门英烈；保粮护航治安防盗爱国爱民称三代忠良。"这是王江泾老百姓悬挂在刘王庙的两副对联。在任何时代，大家都过上好日子，就是老百姓最大的愿望；能够保国安民的，就是人民衷心爱戴的伟大英雄。

正如王江泾，从过去发展"万户机杼"，到纺织业转型升级，归根到底，都是为了人民过上更美好的生活。如今，绿色成为这个江南水乡的鲜亮底色。如今的王江泾，收获了嘉兴运河湾国家湿地公园、嘉兴运河文化省级旅游度假区等一个个荣誉称号。

中心镇区里，商贸繁荣，绿草如茵，整洁优美。悠悠京杭大运河穿镇而过,翩翩长虹桥横亘儿百年,一里古街浓缩着旧日繁华,一宿古庵流传着皇家风仪,城市客厅保存着民国记忆……"一河一寺一桥一街一会",连点成线、串珠成链,让王江泾的文化"有记忆、有韵味、有品质",无论游客还是居民都沉醉其间。万亩荷塘、千年运河、百年古桥、十里绿道、一里街区,古镇气息与湿地风光交相辉映,到处洋溢着清新与活力,让人深刻感受到发展之快、环境之美、生活之便。

"这几年,王江泾发展太快了,简直是脱胎换骨式的转变。"王江泾镇文化站站长陈宏伟说。他喜欢用摄影记录家乡变化,这几年,王江泾日新月异的面貌激发了他巨大的创作热情,他的电脑里保存了大量新旧对比的照片。

喜欢创作农民画的朱月祥,一边负责小城镇环境整治工作,一边用农民画记录时代巨变。《示范村》《治水》《湿地农业》《美丽乡村》……王江泾新的时代风貌,在绚丽多姿的色彩中铺展。他熬了好几个通宵,创作了一幅长 15 米的王江泾全景图,图上镇区繁荣、乡村美丽,可谓是新时代的《虹桥画舫图》,描绘了王江泾人民对家乡新貌的无限欣喜。

这些"高颜值"的风貌背后是一条高质量发展的绿色大道。

发展环环相扣,而紧要处就在那儿步。千百年前,因有闻人氏选择在这片丰饶之地经商,这里逐渐成市,被称作闻川；宋、元之后，这里市肆兴隆、商贸繁荣，逐渐发展为一个江南重要集镇；而今进入 21 世纪，王江泾又开启了从"镇"到"城"的新跨越。

2010 年，浙江率先在全国开展小城市培育试点工作，首批试点为 27 个，规模大、实力强的王江泾入选了，由此开始了全新的转型蝶变。

"民聚而庙，交易其所，邑中有市"；"市大而形胜会焉"，则有镇。（清代《嘉靖江阴县志》）那么由"镇"向"城"，对王江泾来说意味着怎样的嬗变呢？

"经济更有实力，发展更富活力，环境更具魅力，人民更加幸福。"王江泾人有着自己的理解。

大、散、乱，是曾经的王江泾给人的印象。王江泾由多个乡合并而来，地域范围较大。同时，作为传统纺织名镇，这里几乎家家户户都有织机，环境脏乱，管理散乱。

要蜕变为高品质的现代化小城市，王江泾需要全域性的自我革命！

以喷水织机污染治理为切入口，王江泾开启了从工业文明向生态文明的艰难转型。一个世代以纺织为业的织造名镇，以巨大的勇气进行自我革命，实现了数万台散户喷水织机全面"清零"。2018 年，王江泾又继续推进"低小散"工业企业（作坊）全域整治，推进产业"腾笼换鸟""凤凰涅槃"。

过去的"中国织造名镇",告别"低小散",转向"高大上",正向"中国织造强镇"进发。

"创新风暴"席卷王江泾,纺织还是纺织,但布早已不是当年的布。

博乐(嘉兴)非织造科技有限公司的沈柏根,20 多岁就在南汇社办企业跑供销了,后来做铁木织机,再到开厂购进喷水织机、喷气织机,一次次都走在同行业的前列。如今,他的纺织企业越做越强。

"几十年前用铁木织机做头巾纱,现在我们已经在全自动化的洁净车间里,生产高附加值的无纺布了。"沈柏根介绍说,"这些无纺布应用于面膜、化妆棉、湿巾、医疗口罩、家居等领域,在市场上形成差异化竞争,产值高、用能少、利润高。"

2019 年初,他投资约 2.5 亿元在王江泾建设新工厂,新建 3 条无纺布生产线,预计能以不到 100 人的用工规模,实现超 4 亿元的年产值。沈柏根说:"绿水青山就是金山银山,污染企业已经没有了生存空间。我会把纺织企业也办成花园式工厂!"

几百家纺织企业早已不甘于处在产业链底端,而是从研发、设计、管理等方面驱动创新,开启高质量发展的二次创业。

如今，走进王江泾纺织企业的现代化车间，厂房宽敞明亮，环境整洁有序，一台台智能化纺机设备自动穿针、提挡……王江泾给纺织产业加上了"智能"的前缀，硬是把传统行业做成了高科技的新材料产业。一家家企业纷纷跳出低端市场的"红海"，驶向差别化竞争的"蓝海"。

生态环境倒逼企业转型，而企业创新支撑起产业升级。罗春荣说，王江泾人"打娘胎里就听到织布声"，不可能离开纺织。纺织是古老的行业，又是常"创"常"新"的行业，"唯有高质量发展，才能长盛不衰"。

而在约 2000 千米外的四川屏山，王江泾人董坚强正以另一种方式将纺织业发扬光大。董坚强出生于王江泾镇区一里街上，他家从他爷爷、父亲辈就从事纺织业，过去在长虹桥边开印染厂。他在 1988 年高中毕业后就投身纺织业，经历了王江泾纺织业复兴、发展、转型的各个阶段，并一次次走在了潮流前沿。从到农村走巷串户收布开始，到盛泽开门市部，回南方丝绸市场做染化料生意，然后到自己开染厂，再到成立嘉兴市天之华喷织有限公司。2002 年，他投资几千万元买地造厂房，率先从日本进口 88 台喷气织机，引领了升级换代的风潮，喷气织机最多时发展到 320 台，行情好的时候每台喷气织机每年能赚 10 万元。

2011 年，一直关注行业最前沿的董坚强又瞄准了涡流

纺。2012 年他开始投资引进日本村田机械株式会社最新的
870EX 型高速涡流纺纱机。这种涡流纺纱机到底有多先进
呢？传统机器每锭每分钟纺纱 20 米，而这种新型高速涡流纺
纱机的最高纺纱速度可达每锭每分钟 550 米，一台机器上有
96 个锭，每天能生产约 1.4 吨纱，而且机器自动化程度很高，
纺成的纱品质好，光洁耐磨，不易起球，产品也很多元化，因
此极具市场竞争力。

　　就在董坚强投资约 5.5 亿元在王江泾上马 97 台涡流纺
纱设备，准备继续扩大规模之时，他却发现已受到了空间、资
源等诸多方面的限制。就在这时，因浙川东西部扶贫协作，
远在四川宜宾屏山的招商干部找上门来，邀请他去屏山
投资。

　　过去嘉兴人一般是不大愿意出去的，但董坚强还是决定
走出去看看，要为纺织业发展寻求更大的空间。2017 年去屏
山考察，2018 年 3 月就正式投资落户屏山。为什么会去远在
约 2000 千米外的国家级贫困县投资？不出去不知道，出去一
看，天地一宽，思路变了。董坚强经过仔细考察，细细算了笔
账：王江泾工厂年用电量为 9000 多万度，电价每度 0.73 元，
电费 6500 多万元；而四川屏山因建金沙江向家坝水电站，有
"留存电"优势，每度电价 0.37 元，这样在屏山建厂一年仅电
费就省下 3200 多万元。而且屏山靠近其公司的原料供应商，

光一年 5 万吨短纤维的运费就能省下 2000 万元。同时,公司产品出口巴西、巴基斯坦、印度等国,直接从宜宾港走水运,也很经济方便。更不用说,屏山还有便宜得多的土地、丰富的劳动力、更优惠的招商政策,比如建 6.6 万平方米厂房,当地政府直接按每平方米 400 元,给企业补助了 2600 多万元。这些对于企业来说是省下了"真金白银",减轻了经济负担。

董坚强决定在屏山投资新项目,在王江泾之外为纺织业寻求更广阔的空间。他信心很足,手笔很大,规划两期项目,总投资 28.91 亿元。整个项目全面投产后,预计可形成年产 120 万锭(20 万吨)纱线的生产能力,实现年产值 40 亿元以上,年创利税 3.8 亿元以上,新增就业岗位 1200 个以上,将成为全球最大的涡流纺企业。

一期项目 2019 年 4 月正式投产,二期项目紧跟着开建,2021 年建成投产。走进车间,只见几十台涡流纺纱机一字排开,高速运转。46 岁女工郑桂英正熟练地操作着先进的机器,忍不住感叹现在的幸福生活:"工作地点离家近,天天都能照看孩子,我还学了一门好技术,在家门口就脱了贫。"郑桂英夫妻俩都在宜宾天之华纺织科技有限公司上班,每月能挣 8000 多元钱,增收立竿见影,全家快速脱贫。

天之华落户屏山后,示范效应立竿见影,很快,包括王江泾企业在内的 30 多家浙江、广东纺织企业纷纷到屏山投资。

很难想象,过去规上工业"几乎为零"的国家级贫困县屏山,短短 3 年内建起中国西南最大的纺织城,已入驻的 33 家企业全部达产后预计年产值超 350 亿元。

一座"浙川纺织产业扶贫协作示范园"在屏山拔地而起,成为浙川产业合作的典范和带动屏山精准长效脱贫奔小康的重要平台,有力助推屏山于 2020 年 2 月成功脱贫"摘帽"。而宜宾依托于此的"千亿纺织产业集群"也就此起航。

2021 年的春天,在屏山县城、岷江北岸,驱车行进在浙川纺织产业扶贫协作示范园内,满目皆是发展的强劲脉动:园区内企业厂房林立,智能化机器飞速转动,项目建设热火朝天……这里已逐渐成为国内纺织业投资的新热土,也是屏山致富的新希望!

这是真正运用市场思维,以市场为纽带,借助东部纺织产业转移契机开展东西协作并实现协作共赢的案例。当跳出王江泾一个城镇,从整个中国均衡发展、东西部扶贫协作和产业梯度转移的视角重新审视王江泾纺织业的变迁,它就超越了一城一镇的产业发展,而获得了更大范围、更高层面的积极意义,成为这个新时代另一种激动人心的澎湃能量。

事实上,这样的故事还有很多。当江南市镇王江泾决心转变发展方式、推动纺织业转型升级之时,王江泾的很多纺织企业老板、织机散户也开始从市场规律着眼,在全国乃至全世界的更大范围内考虑资源的优化配置和产业的可持续发展。这几年,王江泾的企业老板纷纷开始对外投资,织机散户也开始抱团外出发展,他们在全国很多地方建起更新、更先进、更环保的纺织产业园。例如江苏的泗阳、大丰、建湖,安徽的金寨、郎溪,江西的德安等地纷纷快速崛起现代纺织园,其背后都有王江泾人的身影。值得关注的是,王江泾人出去投资,不是产业平移,而是升级,他们不再走过去的老路,而是站在更先进、更环保、具有更高附加值、可持续的新起点去发展现代纺织业。他们在更广阔的天地里获得了做大做强所需要的资源,也为当地的经济发展、脱贫致富注入了强劲动力。

王江泾人还把纺织贸易做到了全世界,美国、欧洲、沙特阿拉伯、印度、巴基斯坦……在世界各个角落的纺织贸易中,都活跃着王江泾人的身影。

改革开放 40 多年后,已经富起来的王江泾人没有停下脚步,反而有了更开阔的视野、更开放的思维、更宏大的格局、更非凡的胆识。他们张扬着顽强的生命力,就像蒲公英一样飞散到全国各地、世界各地,飞到哪里就在哪里扎根、发芽,催生出一片新的、更大的希望的原野。

在王江泾本地,纺织业一度占到王江泾工业总产值六成以上。"现在,纺织业总产值在增长,但在全镇经济中的占比在下降,因为,我们在改造提升纺织产业的同时,还大力培育了新的增长点——智能家居产业。"王江泾一位管工业的副镇长说。

早在 2005 年,王江泾就瞄准融合物联网、"互联网＋"的智能家居产业,在全国率先规划成立智能家居产业园。经过多年招引培育、要素集聚,目前,智能家居产业园区内已集聚麒盛科技、顾家家居、美国礼恩派、德国礼海等 30 多家智能家居及配套企业,全力培育发展睡眠相关的智能制造产业,目标是打造接轨国际的千亿睡眠大健康产业,建成"中国睡谷"。

落户园区多年的麒盛科技股份有限公司,主攻智能电动床的研发设计和生产销售,近几年一直保持年均超 50％的增速,如今已成为全球最大的智能电动床制造商之一。2018 年 4 月,公司又开工建设总投资约 37 亿元、总用地约 807 亩的智能床总部项目。项目投产后,预计可形成年产 400 万张智能电动床的生产能力,集数字工厂、传感器制造中心、全球智能产品销售体验中心、健康睡眠研究院于一体,预计可实现年产值 100 亿元。2022 年,公司成为北京冬奥会和冬残奥会官方智能床供应商。北京冬奥会期间,麒盛智能床被美国雪橇运动员萨默·布里彻拍视频发布在网络社交平台上,它作为"冬奥黑科技"的代表迅速"火出圈",走红全球。

2010 年落户的德沃康科技集团有限公司，专门研发生产智能家居的智能芯片、驱动系统等核心部件，近几年增速都在 30％以上。

"独木不成林，王江泾投资发展环境非常好，智能家居这个朝阳产业，若实现产业链集聚，将具备更大的竞争力。"其首席执行官李龙说。为此，公司现身说法，以商引商，又把其上下游合作伙伴介绍引进园区。一批产业项目就此加速在园区落地。

2017 年 9 月，国内家具行业龙头顾家家居，也在王江泾智能家居产业园开工建设其华东第二生产基地。该项目总投资约 15 亿元，总用地面积约 500 亩，达产后年生产约 80 万套标准软体产品。

一批又一批大项目、好项目在王江泾集聚，王江泾智能家居产业集群加速形成，优势明显，前景光明。"中国智能家居出口基地""智能家居特色小镇"……王江泾智能家居产业园由此赢得一块块金字招牌。与此同时，王江泾大力推动传统纺织企业智能化改造，推进印染行业整治提升，打造国际一流的时尚纺织先进制造业集群。从纺织业"一枝独秀"，到智能家居产业"后来居上"，王江泾产业结构双轮驱动、比翼齐飞。

当工业走向智能化发展时，生态优势也在转化为发展优势。王江泾通过生态革命寻回了绿水青山、碧波荡漾，由此走上了生态旅游的绿色发展之路。

"全域整治、精致品质、文明美丽、以民为本"，按照这个思路，王江泾大力推进镇区景区化、景区全域化。2018 年，王江泾成功创建浙江省唯一以运河文化为主题的旅游度假区——嘉兴运河文化省级旅游度假区。2020 年 3 月，位于王江泾的嘉兴运河湾国家湿地公园成功创建，这是嘉兴市首个国家湿地公园。历经几年建设蜕变，悠悠流淌的千年大运河、丝绸巨镇的光辉历史、得天独厚的生态湿地、江南水乡的民俗文化、匠心独运的小城市风情，都一一转化为丰富的文化和旅游资源，吸引着各地游客近悦远来。

2023 年 4 月 18 日，王江泾莲泗荡景区人山人海，热闹非凡。这天，停办 3 年的中国江南网船会重磅回归，几百面金龙大旗迎风飘扬，上千条网船一字排开，来自苏、浙、沪、皖等地 100 多个民间社团的上万民众如期而至。渔民们穿上节日的盛装，敲锣打鼓、舞猛龙、打莲湘、扭秧歌、踏白船，各色表演数不胜数，八方游客摩肩接踵。当天气温飙升到 30 摄氏度，而人们的热情更甚于天气。网船会在中断 3 年后再次举办，所有人都感到由衷喜悦，远近的人们赶来共同庆祝烟火气的回归、经济的复苏。

渔民们在船头设起香案供桌，虔诚祈祷家宅平安、风调雨顺、农渔丰收。这传承了300多年、属于运河儿女的水上盛会，在历史的长河里见证并讲述着数百年来大运河的故事，也见证着人们的砥砺奋发、勤劳坚韧。

五一假期，在王江泾的中心镇区、悠悠古运河畔、莲泗荡景区、运河陶仓理想村、苏嘉铁路遗址公园等地，游人如织，欢声笑语不断。这个古老的江南名镇、年轻的省级旅游度假区，正以全新的迷人风情，不断刷新着所有人对它的印象。

千载奔流，一条大运河穿镇过；长虹卧波，两岸繁华入眼来。这是一个江南市镇的精彩蜕变，是一种符合新时代发展逻辑的深刻变化。回望来时路，治水倒逼王江泾摆脱对喷水织机的依赖，万户机杼声逐渐远去，而人们对美好生活的热望从未改变，为创造美好生活所付出的勤劳、智慧、激情从未消减。

绿色，已成为王江泾发展最耀眼、最动人的色彩。绿色的底色之上，王江泾人收获了3张新名片——中国智能家居城、江南湿地生态城、浙北运河旅游城。步入新时代，王江泾大力推进农业、文化、旅游深度融合，努力打造新时代的运河名镇，打造世界级诗画江南典范。一条青山绿水、江山如画的高质量可持续发展之路，蔚然铺展。

经纬相交才能编织成布。确定"发展经纬"，一个城镇才能编织未来。如今的王江泾，生态文明建设与经济发展双赢,美丽与民生同行,过去与现在交辉,城镇与乡村共荣。王江泾所处的浙江嘉兴是红船起航地,当下,长三角一体化发展、高质量发展建设共同富裕示范区、国家城乡融合发展试验区等国家战略机遇叠加。这个昔日"日出万绸、衣被天下"的织造名镇,立足新时代新坐标,以云霞织锦般的气魄、杭绸苏绣般的匠心,在新的发展蓝图上量经度纬,飞针走线,编织更加美好的明天。

附录一

主要人物采访笔记

16.沈柏根采访笔记

17.盛高明采访笔记

18.史留福采访笔记

19.王金生采访笔记

20.吴爱明采访笔记

21.严永兴采访笔记

22.姚海林采访笔记

23.郁海华采访笔记

附录二

参考资料

图 书

1.《宋史》

　　脱脱、阿图鲁撰　　商务印书馆 1985 年版

2.《松窗梦语》

　　张瀚撰　　萧国亮点校　　上海古籍出版社 1986 年版

3.《万历秀水县志》

　　李培修　　黄洪宪纂　　上海书店出版社 1993 年版

4.《江村经济——中国农民的生活》

　　费孝通著　　商务印书馆 2001 年版

5.《干在实处　走在前列——推进浙江新发展的思考与实践》

习近平著　中共中央党校出版社 2006 年版

6.《之江新语》

习近平著　浙江人民出版社 2007 年版

7.《激荡三十年:中国企业 1978—2008》

吴晓波著　中信出版社 2008 年版

8.《至元嘉禾志》

单庆修　徐硕纂　上海古籍出版社 2010 年版

9.《东方启动点——浙江改革开放史(1978—2018)》

胡宏伟著　浙江人民出版社 2018 年版

10.《嘉兴市志(1991—2010)》

嘉兴市地方志编纂委员会编　中国书籍出版社 2020
年版

11.《醒世恒言》

冯梦龙著　人民文学出版社 2020 年版

12.《王江泾镇志》

　　嘉兴市秀洲区王江泾镇地方志编纂委员会编　　方志
出版社 2021 年版

13.《干在实处　勇立潮头——习近平浙江足迹》

　　本书编写组编著　　人民出版社、浙江人民出版社
2022 年版

文　章

1.《纺织之乡见闻》

　　邵昶著　《浙江画报》1984 年 8 月

2.《田乐乡崛起私营企业"八大金刚"》

　　竺士东、欧福泰著　《嘉兴日报》2000 年 5 月 18 日

3.《王江泾：打造一个有记忆、有韵味、有品质的水乡田
园小城市》

　　钱丽莉、蒋彧淼著　《嘉兴日报》2008 年 2 月 13 日

4.《明清江南巨镇王江泾镇的社会经济结构》

陈学文著　《浙江学刊》2008 年第 5 期

5.《湖丝外贸与江南市镇的近代变迁——以南浔镇为中心的考察》

邵莹著　《浙江学刊》2012 年第 1 期

6.《老板"跑路"继续:纺织业两级分化》

王培霖著　《第一财经日报》2013 年 12 月 17 日

7.《王江泾丝绸与巴拿马金奖》

欧福泰著　《嘉兴日报》2015 年 2 月 27 日

8.《昔日的蚕桑丝织业重镇——王江泾》

黄宗南著　《蚕桑通报》2015 年第 3 期

9.《流淌着的运河民俗:江南网船会》

王金生著　浙江省社会科学界联合会"我身边的运河故事"(浙江段)征文　2018 年 4 月

10.《倾力打造"七彩古塘"2.0 升级版》

孙逊著　《嘉兴日报》2018 年 7 月 25 日

后　记

在小镇看见中国

写《万户机杼：一个江南市镇的时代交响》这本书的缘起，还得追溯到 2018 年。彼时正值改革开放 40 周年，当时计划以报告文学的形式，记录名为"王江泾"的市镇的改革开放变迁史，特别是记录在工业文明与生态文明博弈中这一纺织名镇的艰难转型。而随着调查采访和思考的不断深入，我逐渐有了更大的写作"野心"：不仅在时空上拉开了更大的框架，试图体察在这 40 多年中这座中国小镇到底发生了什么，同时又以更微观的视角，观察记录数十年来小镇上人们的命运，进而透过一个小镇看见时代、看见家国。

中国向来被视为一个历史的国度，再没有哪个国家像中国这样留下了如此浩瀚的历史书写。梁启超却曾言"中国无史"，理由是"前者史家，不过记述人间一二有权力者兴亡隆替之事，虽名为史，实不过一人一家之谱牒。近世史家必探察人间全体之运动进步，即国民全部之经历及其相互之关系"（《中国史叙论》）。他评述得颇为尖锐，其实是批评了传统历史书写常常是"帝王将相们的故事",而绝大部分不能入传的小人物却可说是"没有历史的人"。事实上很多人的确感到,中国的微观史书写先天不足。我们在传统历史叙事中几乎看不到普通小人物有血有肉的遭际和命运,遑论日常生活和心灵记录。而真正的历史恰是由千千万万"没有历史的人"创造的。小人物微观史是真实历史的一部分,这部分的缺失,让我们对历史缺乏沉浸式体验和共情式体察。

为此,在动笔书写之前,我集中时间进行了大量的田野调查和人物采访,试图挖掘更多小镇人物的个人经历、生存状态、心路历程,尝试着拯救记忆,让那些有血有肉的特定事迹、经历或想法免于被遗忘。也为着这一点执念,在写作过程中,以及完成初稿后的几年里,我仍然一次次回到王江泾,去和那里的人们交谈,以求更贴近这片土地,获得更多故事的现场感。

我自认为这种努力是积极的,也是有效的。我打捞了不少鲜活的人物故事,比如"万户织机带头人"惊心动魄的经历、卜金良的"胆大妄为"、罗春荣"跑单帮"的日子、卜洪观乘绿皮火车的惊险旅程、"陈百万"的崛起等。很多故事中的细节绝非靠想象力可以向壁虚构的,而恰恰是这些真实的故事和细节,容易让人产生共鸣,让人更真切地触摸到历史的质地。

为打捞微观个人史所做的努力是值得的，但要做好是十分困难的，甚至可以说是巨大的挑战。现成的文字记录极其匮乏，连蛛丝马迹都很难找到，我几乎只能靠面对面采访一个个当事人来获取素材。然而有些人已逝去，有些人不在本地无法约到，即便是能接受采访的人，绝大多数也并不擅长绘声绘色地讲述自己的故事。有些个人记忆因年代久远早已模糊，多年前再曲折的经历被岁月冲刷后也只剩几句干巴巴的话。有些被访者自己都觉得小老百姓的人生并不值得被书写下来。还有些人或因经历破产、倒闭、欠债，或因其他种种顾虑而不愿接受采访，我也只能遗憾地错过。

因此，我在写作过程中有时相当痛苦。一方面是因为个人能力所限，一方面是因为资料匮乏，我总觉得写作无法达到理想境地。报告文学，或非虚构写作，真实是其生命，也是其最有价值之处。作为记者，对真实性的追求几乎是种本能，我无法像小说家那样塑造一个充满传奇色彩的主人公，设定一条贯穿几十年的精彩故事线，虚构离奇的戏剧化情节，甚至对哪怕"合理范围内的文学化想象"，我也只能保持克制。

于是，我有时会因为采集到的素材不够曲折动人而暗自感伤，甚至偶尔会有些泄气地想，在中国几万个乡镇里，王江泾既不是能冠以类似"华夏第一镇""全国首富镇"名头的时代标杆,也不像一些偏僻落后镇那样成为贫穷荒芜的典型,这无疑给写作内容的精彩程度和可读性带来很大挑战。

不过,这种遗憾转瞬即逝。王江泾当然不是一个极端的个例,却恰恰更具一种普遍的代表性,不是更适合被当作一个体察时代兴衰和家国命运的窗口和样本吗?当我沉浸式地去体验这个小镇的日常生活,共情式地理解一个个真实人物的人生遭遇,持续性地观察一个市镇悄然转型发展,深入思考其每临历史转折处所做出的艰难抉择与采取的果敢行动,我就越发清晰地感知到,这个小镇和这里的人们总是跟时代血脉相连、声气相通,我也更加理解这片土地、这个时代及深藏其中自然生发的澎湃力量。于无声处听惊雷,王江泾一镇之域,也自气象万千。它作为大运河边江南名镇的光荣与梦想,它积厚流光的历史文化和精神脉络,它改革开放40多年的砥砺奋进与转型,它的人文地理、淳厚风尚、时代脉动,以及它滋养出的生生不息的奋斗与热望,都足够震撼,足以动人。

纪伯伦说:"假如一棵树来写自传,那也会像一个民族的历史。"(《沙与沫》)正如一根头发的毛囊就包含整个人体的DNA信息,我相信,只要用心深入体察,就会发现,小人物也有大命运,小镇里也能看见中国。

如今,本书正式出版。感谢中共嘉兴市秀洲区委宣传部、王江泾镇人民政府的大力支持，感谢周静女士关于这本书的最初倡议，感谢杨自强先生的鼓励和帮助，感谢董佳丽女士的支持，感谢崔泉森、薛荣、于能等诸位老师的指点，感谢汝金生、卜金良、罗春荣、汝兴荣、盛高明、顾太文、吉老虎、陈宏伟、吴爱明、卜洪观、陈佰根、钱传兴、姚海林、史留福、王金生、陈永明、郁海华、严永兴、沈柏根、董坚强、顾卫国、金荣荣等诸位给予信任接受采访，感谢汤琴芳、钱丽莉、沈宇伟、姚振清、陈宏伟、朱佳丽、孟佳月、凌伟华等诸位及各方给予各种帮助，感谢杜镜宣、王友生等老师提供老照片支持。感谢浙江工商大学出版社及沈娴女士严谨细致的编辑工作。在该书创作过程中，参考并使用了部分专家学者的资料，在此一并致谢。最后，我还要感谢家人的鼓励支持，感谢刚出生几个月的孩子给予我的精神力量。

作者谨识

2023 年 5 月 11 日夜